열지 않은 선물상자

박영실 수필집

열지 않은 선물상자

초판 1쇄 발행 2024년 10월 10일

지은이 박영실
펴낸이 임현경

펴낸곳 곰곰나루
출판등록 제2019-000052호 (2019년 9월 24일)
주소 서울특별시 양천구 목동서로 221 굿모닝탑 201동 605호(목동)
전화 02-2649-0609
팩스 02-798-1131
전자우편 merdian6304@naver.com
유튜브 채널 곰곰나루

ISBN 979-11-92621-16-6 03810

책값 18,000원

열지 않은 선물상자

박영실 수필집

곰곰나루

|작가의 말|

떨리는 심정으로 첫걸음 떼는 새싹들

오랫동안 망설였다. 내 글이 세상에 나오는 것에 자신이 없었다. 문장을 퇴고하는 과정은 지나온 여정을 마주하는 시간이었다.

남편 미국 유학으로 시작된 외지 생활이 어느새 이십 년이 지났다. 그동안 디아스포라의 삶을 살면서 일상에서 겪은 소소한 모자이크 조각들을 엮었다. 삶에서 마주한 단상과 사유가 하나하나 글이 되는 여정을 담았다. 1부에서 4부는 일상에서 느끼고 경험한 일들 위주다. 5부는 그동안 중동지역과 튀르키예를 방문해서 만난 사람들의 다양한 표정을 모았다.

언젠가 독자가 보낸 한 통의 이메일을 받았다. 내 글을 읽은 독자라며 더 읽을 수 있는 통로가 있으면 정보를 부탁한다는 내용이었다. 단행본이나 문학 블로그가 있으면 소개해 달라는 독자에게 나는 아무것도 보내지 못했다. 상황을 간단하게 전하는 답신을 보내고 미안한 마음이 떠나지 않았다. 며칠 동안 마음이 편하지 않았다.

내 글들을 오랫동안 품고 있었다. 컴퓨터 파일에서 동면하고 있던 새싹들이 떨리는 심정으로 첫걸음마를 떼었다. 두렵고 조마조마하다. 부모가 딸을 시집보내며 품는 마음이 이와 같을까. 그래도 자식을 부끄러워하는 어미는 없다. 비록 미흡해도 발을 떼고 나아가야 자기 몫을 한다. 알을 깨고 둥지를 떠나 비상하는 것은 내 몫이 아니다. 품을 떠나니 이제 오롯이 독자의 몫이다.

미약하지만 깊은 우물에서 길어올리는 생수 같은 글, 한여름 날의 냉수 한 그릇 같은 글로 갈증을 해소할 수 있길 소망한다. 아울러, 이 글을 통해 작은 들꽃에서 우주를 보는 깊은 통찰과 치유를 경험하길 갈망한다. 누군가 나에게 왜 글을 쓰냐고 물었다. 한 치의 주저함 없이 담대하게 대답했다. 나도 놀랐다. 그 마음을 품고 계속 정진하련다. 그 이유가 무엇인지 내 글을 마주할 독자들의 몫으로 남겨 놓는다. 편식하는 독자들을 위해 소박하지만 건강에 좋은 집밥 한상 내놓는다. 골고루 맛있게 음미하시길 바란다.

목회자의 아내로 삼십여 년 동안 겪은 다채로운 삶의 여정은 담지 못했다. 그건 나중에 신앙 에세이로 엮을 예정이다. 이 글이 세상에 나오기까지 모든 과정을 인도하신 하나님께 감사와 영광을 돌린다. 광야 여정 동안 동행자인 남편과 두 아들에게 고마움을 전한다. 부족한 나를 위해 항상 기도로 응원하는 가족들과 성도들, 기도의 동역자들에게 감사의 마음을 전한다.

끝으로, 바쁘신 중에도 꼼꼼히 읽어주시고 해설까지 써주신 박덕규 교수님, 책을 발간해 주신 대표님과 편집위원님들께 진심으로 감사의 마음을 전한다.

미국 캘리포니아 오렌지카운티에서

2024년 9월

박영실

차례

제1부
10월 풍경

제2부

들에 피어도 꽃이다

제3부

새도 발이 있다

제4부

사랑을 놓고 간 사람

제5부

난민과 함께

제1부
10월 풍경

10월 풍경

창문 커튼을 걷어 올리며 마주하는 아침 햇살이 눈부시다. 10월 햇살이 가슴 깊이 내려앉아 둥지를 튼다. 청명한 하늘처럼 맑은 마음이 되고 싶다. 푸른 하늘 물에 빨래하고 표백해서 맑은 햇살에 말리고 싶다. 오늘은 창고를 대청소하고 새로운 옷들로 마음 서랍장을 정돈하련다. 켜켜이 쌓아 둔 묵은 때와 서랍장 깊은 곳에 개어 둔 남루한 옷들을 말끔히 정리한다. 이 계절에 누릴 수 있는 선물을 마음에 가득 담는다. 담을 수만 있다면 상자나 그릇에 담아 가족들과 지인들에게 나누어 주고 싶다. 가을 햇살을 받으며 행복할 수 있다는 사실이 감사하다.

10월은 누구의 간섭도 받지 않고 완연한 자신의 색채를 마음껏 드러낸다. 여름의 끝자락에서 미련을 머금고 서성이는 9월보다 자신만의 영역을 표현하는 10월이 좋다. 그 도도함과 오만함이 좋다. 9월처럼 여름의 끝에서 울지 않고 11월처럼 겨울의 길목에서 기다리지 않는다. 9월은 상실의 아픔을 달래며 연인을 잊지 못하는 마음 같아서 아리다. 11월은 아직 오지 않은 사랑을 홀로 기다리는 마음 같아서 아프다. 하지만 10월은 어떤가. 자유인이다. 10월의 맑은 얼굴이 좋다. 또한, 중년의 원숙미가 있어서 좋다. 풋풋한 3월의 새색시 얼굴이 아니다. 신록이 무르익어가는 5월의 얼굴도 아니다. 여유롭게 농익어가는 중년의 얼굴이다. 성급하게 서두르지 않고 불안해하거나 초조해하지도 않는다. 자연을 거스르지 않고 순리에 맡기고 삶을 여유롭게 관조하는 얼굴이다. 수영 선수가 수영장에서 자신의 몸을 물에 맡기고 물 위에서 물을 다스리며 즐기는 모습 같다.

햇볕을 그냥 놀리기에는 너무 아쉬운 마음에 제철 과일로 적격인 사과를 썰어서 말린다. 말린 사과향이 코끝을 자극한다. 사과를 머그잔에 넣는다. 뜨거운 물에 전신을 담그면 몸을 서서히 풀면서 농축된 과즙을 아낌없이 쏟아낸다. 머그잔에서 자신을 마음껏 내뿜는 향기는 제철 과일에서만 맛볼 수 있는 풍경이리라. 머그잔을 들어 사과차를 입가에 대는 순간 입술이 파르르 떨린다. 그 작은 떨림은 온몸을 전율케 한다. 향이 어찌나 그윽하고 상큼한지 가을 햇살에 농축된 과즙을 마음껏 음미하는 축복을 누린다.

사과차를 마신다. 가을 햇살 가득 담아 계절을 마신다. 햇살을 깊이 머금고 한 잔의 컵 속에 자신을 풀어 그윽한 향을 내뿜는 사과차에 가을을 담는다. 햇살이 가슴에 한아름 내려앉는다. 사과차는 웅크렸던 몸을 서서히 풀어 향을 더 깊이 드러낸다. 한 잔의 차가 되기까지 누군가의 땀과 수고와 헌신을 담보로 한다. 그토록 많은 시간을 요구하며 한 잔의 차를 대면하게 된다. 차를 마시고 처음 느끼는 향은 입안에 퍼지고 온몸에 혈류를 타고 순식간에 잠든 오감을 일제히 불러일으키는 위대한 힘이 있다. 향이 미각과 후각을 점령할 때 우리는 이미 그 차의 향기에 항복하게 된다.

사과차가 완성되기까지 머물다 간 바람과 햇빛이 얼마나 많았을까. 그 누구도 자신의 힘이라고 공치사할 수 없도록 모두가 협력해서 만들어낸 차 한 잔의 위력이 아닌가. 자연이 오롯이 담긴 사과차 향기가 좋다. 10월이 실어다 준 소중한 선물이며 축복이다. 가까운 지인들을 만나거나 집을 방문할 때 내가 만든 각종 차를 예쁘게 포장해서 선물한다. 그 선물을 받는 사람들의 표정 속에 행복이 담겨 있다. 그 차들을 말릴 때 맑은 햇살과 바람이 내려앉아 잠시 쉼을 얻고 속삭여준 시간이 있다. 마음과 정성이 담긴 차를 선물하는 것 이상의 가치가 담겨 있다.

사과향과 함께 상념에 잠긴다. 10월은 삶을 여유 있게 관조할 수 있는 계절이다. 사과향기 가슴 깊이 음미하며 삶의 방향을 한번쯤 돌아보는 것도 좋으리라. 내 삶의 나침반은 속도가 아니라 방향이 중요한 것이기에. 나는 지금 3월도 아니고 5월도 아닌 한여름을 지나고 있는 듯하다. 한여름을 지나고 나면 삶에 채색된 흔적들을 가을날에 거둬들이는 열매로 알 수 있으리라. 세월은 여전히 쏜살같이 흐르고 내게도 언젠가는 10월의 얼굴처럼 그런 날이 오리라.

10월 햇살 온몸에 안고 응축된 사과차는 자연을 오롯이 담고 있다. 내 삶의 굽이굽이 골목길 인고의 세월 걷는 동안 새겨진 흔적들은 어떤 향기를 품고 있을까. 쓴 뿌리가 되어 쓴 물을 우려낼지, 맑고 깊은 향기를 품어낼 수 있을지 돌아볼 일이다. 사과차향과 함께 계절이 여물어가고 있다.(2014.10)

***2016년 미주중앙일보 중앙신인문학상 수필 당선작**

비숍 가는 길

가을 하늘은 아기가 방금 세수하고 나온 얼굴빛을 닮았다. 손으로 건드리면 비췻빛 물이 금방이라도 톡 터져 나올 것만 같았다. 스치는 바람결과 한낮에 내려앉는 햇살의 숨결이 달랐다. 남편과 목적지를 정하지 않고 어딘가로 출발했다. 코로나로 삶과 죽음의 갈림길에서 돌아온 나를 위한 남편의 배려였다. 나는 미각과 후각을 완전히 상실한 상태에서 조금씩 회복되고 있었다. 코로나 후유증으로 신선한 공기가 필요한 상황이었다. 남편이 내비게이션에 입력한 주소는 가을 단풍으로 유명한 비숍이었다.

출발 후 한 시간 정도 경과했을까. 어디선가 불 냄새가 났다. 눈이 따끔거리고 코끝이 매콤했다. 도로를 둘러싼 주변 풍경은 불 연기로 자욱했다. 바로 앞에 있는 차량조차 보이지 않을 정도의 뿌연 연기였다. 그 지역만 벗어나면 되겠거니 생각하고 멈추지 않고 주행했다. 우리의 예상은 빗나가고 말았다. 아무리 가도 맑은 하늘이나 풍경은 더 이상 볼 수 없었다. 하늘은 잿빛으로 가득했고, 태양은 형체만 보일 뿐 그 빛을 잃었다. 갑자기 지구에 암

흑세계가 도래한 듯했다. 불 연기와 어둠, 빛을 잃은 태양의 형체만 우리와 동행했다.

비숍까지는 다섯 시간이 걸리는 거리였다. 중간에서 다시 돌아가기에는 먼 데까지 온 상황이었다. 조금만 더 가면 닿을 듯한 비숍, 나중에 알았지만 도중에 있는 세쿼야국립공원과 요세미티국립공원에서 화재가 발생했던 거였다. 거목들이 불에 휩싸여 도시와 주변 풍경을 연기로 덮었다. 나와 남편은 그곳을 빨리 빠져나가려고만 했다.

어둠에 갇힌 상황이었다. 주변은 황량한 들판뿐이었다. 검은 연기에 휩싸여 차량이 보이지 않았고 다른 어떤 것도 볼 수 없었다. 아무리 빠른 속도로 주행해도 끝이 보이지 않고 목적지가 나오지 않아 내심 초조했다. 아무도 보이지 않는 외딴곳에 주변은 불 연기로 가득했다. 우리 부부만 어떻게 되는 것이 아닌가 하는 두려움이 엄습했다. 그 두려움은 언제 끝날지 알 수 없는 불 연기와 같았다. 그 연기는 두려움과 공포 자체였다. 앞이 보이지 않는 연기 속에서 쉴 틈 없이 주행해야 그곳을 벗어날 수 있다는 일념 하나로 다섯 시간 이상을 달리고 또 달렸다.

만약 우리 삶이 이런 상황이라면 어찌해야 할까. 문제를 대처할 위기관리 능력이나 순발력을 전혀 발휘할 수 없는 상태라면. 이건 생각할수록 아찔한 일이었다. 내비게이션에 입력한 주소로 목적지까지의 시간 경과가 예측되었기에 앞이 보이지 않는 연기 속에서도 질주할 수 있었다. 그 상황에서 계속 주행한 결과 목적지가 점점 가까워졌다. 긴장한 탓인지 목적지에 도착하고 온몸에 힘이 빠졌다. 거의 탈진한 상태로 숙소에 오니 주변 역시 자욱한 연기 속에 잠겼다. 호흡을 할 수 없을 정도의 불 냄새와 연기로 마을 풍경을 전혀 볼 수 없었다. 코로나를 극복하고 생과 사의 갈림길에서 생존한 나에게 최악의 상황이었다. 사방을 에워싼 연기 속에서 밤을 지내고 새날이 찾아왔다.

비숍은 단풍 명소다. 불 연기 속에서 공포에 휩싸인 하루를 지내고 다음 날 아침 일찍 단풍을 보기 위해 출발했다. 굽이굽이 산길을 따라 깊은 산속에 들어가니 다른 풍경이 보였다. 전날과 달리 연기가 좀 걷히고 주변의 나무들과 풍경이 조금씩 시선에 들어왔다. 10월 말 평소의 비숍이라면 단풍이 한창이라 관광객이 끊이지 않을 곳인데 산불의 영향인지 인적이 드물었다. 간간이 노부부나 젊은 신혼부부로 보이는 사람들이 카메라에 추억을 담는 모습이 시선에 들어왔다. 그들도 우리와 같은 마음으로 그곳까지 왔을 터였다. 산속이라 그런지 바람도 많았고 날씨가 제법 쌀쌀해 오래 있을 수 없었다.

집에 오는 길은 전날과 달리 불 연기가 조금 잦아들었다. 그래도 여전히 태양은 볼 수 없었고 연기는 자욱했다. 돌아오는 길은 조금 먼 거리지만 해안도로로 오는 길을 택했다. 집까지 한 시간 정도 남겨놓고 시야가 트이고 하늘이 보였다. 삶은 광야의 연속이고 칠흑 같은 어둠의 연속이지만 그 너머에 기다리고 있는 풍경을 기대하며 주어진 길을 주행하는 것이 아닐까. 가는 길이 어둠에 둘러싸이고 앞이 보이지 않는다 해서 포기하고 돌이켰다면 그 뒤에서 기다리고 있는 비숍 풍경을 마주하지 못했으리라. 깊은 산속에 고즈넉하게 자리하고 있는 가을 호수를 만나지 못했을 거였다.

비숍 가는 길처럼 오직 한 길만 있을 뿐 돌이켜서 돌아올 수 없는 길을 가는 것이 우리 삶이 아닐까. 비록 원하는 길은 아니었지만, 끝까지 목적지를 향해 질주하고 그곳에 도착해 깊은 산속에서만 볼 수 있는 풍경을 마주했을 때의 감동이 아직도 남아 있다. 비숍 가는 길은 한 치 앞을 알 수 없는 우리 인생길을 여행하는 것만 같았다. 그 길은 험난하고 위험한 상황의 연속이었지만 목적지에 도착한 이후의 풍경은 달랐다. 어둠과 연기 속을 뚫고 도착한 도시의 산 너머에 가을 산과 호수가 기다리고 있었다. 삶은 예측이 불가하다.

집에 오는 길에 비숍 마을에 있는 빵집에 들렀다. 미국에서도 유명한 제과점으로 베이커리 마니아들은 그 집에 한 번쯤 방문한다는 인터넷 후기를 읽었다. 역시 소문을 확인하는 시간이었다. 원근 각처에서 그 불 속을 뚫고 제과점을 방문하기 위해 그곳까지 왔다는 방문객들로 인산인해를 이뤘다. 전날의 마을 풍경과 달랐다. 그 많은 인파가 어떻게 불길을 뚫고 어디에서 몰려왔을까. 하긴 200여 년 대대로 이어온 빵집이니까 그럴 만하다 싶었다. 장인의 솜씨가 가게 곳곳에 숨 쉬고 있었다. 가게는 안팎에서 그곳 풍경을 한 컷 남기는 방문객들로 북적였다.

호수에는 가뭄 중에도 물이 남아 있었다. 비숍의 호수에 비친 가을 산과 단풍 풍경은 자화상을 마주하는 듯했다. 가을 계곡물에 물감을 풀어놓은 듯 단풍 빛이 계곡 곳곳에 스며들었다. 비숍의 가을 호수는 산을 품고 고즈넉한 모습으로 계절의 깊이를 맛볼 수 있는 절경이었다.

목적지를 정하지 않고 출발해 끝까지 갈 수밖에 없는 도로였지만 경험하기 어려운 특별한 시간이었다. 언제 목적지가 나올지 알 수 없는 상황에서 전력질주하며 달리던 그때의 심정이 살아나는 것만 같았다. 다시 가고 싶지 않은 장소 1위로 비숍을 말했지만, 그 특수한 상황이 아니었다면 평범한 기억으로 남을 수 있었으리라. 그곳에서만 느낄 수 있었던 풍경들과 그 길에서만 마주할 수 있었던 상황을 마음 서랍장에 넣어둔다.(2021.10)

피아노 이중주

어디선가 아름다운 피아노 선율이 흘러나왔다. 누군가 라흐마니노프의 피아노 협주곡에 이어 쇼팽의 에튀드를 연주했다. 잠시 후에 독주가 아닌, 피아노 이중주가 들렸다. 이중주는 무엇보다 연주자들끼리 호흡이 중요하다. 창가에 자늑자늑하게 내려앉은 햇살을 받으며 오래전 그날처럼 무엇인가에 이끌리듯 피아노 앞에 앉았다.

나와 피아노의 만남이 시작된 것은 중학교 1학년 때 교회 중등부 예배 시간이었다. 반주자가 급한 일로 예배 시간에 오지 못한 상황이었다. 나는 그 당시에 예배 반주를 할 수 있는 실력이 아닌데, 목사님은 나에게 찬송가 반주를 하라고 했다. 그 순간 얼굴이 빨갛게 달아올랐고 심장 박동이 빨라졌다. 나는 피아노 반주를 할 수 없으니 다른 학생에게 맡기라 했지만, 목사님과 학생들은 나만 바라보았다. 그 눈초리와 시선이 부담되어 피할 수 없었다. 예배 반주 경험이 없는 내가 찬송가 반주를 틀리지 않고 했다. 목사님은 그 시간에 왜 나에게 피아노에 앉으라고 했는지 아직도 미스터리다.

물론 내가 피아노를 경험한 것은 그보다 한참 전이다. 초등학교 1학년 때 담임 선생님은 피아노 연주를 하면서 동요를 가르쳐 주었다. 어느 날 음악 시간에 두도막 형식의 노래를 알려주면서 아이들에게 스스로 만들어 보라고 했다. 선생님은 내가 만든 것을 보고 나중에 훌륭한 작곡가가 될 거라고 칭찬해 주었다. 초등학교 1학년인 내가 잘 했으면 얼마나 잘 했겠는가.

우리 집에 피아노가 처음 들어오던 날을 기억한다. 내가 피아노를 가진 것은 엄마와 외삼촌 때문이었다. 엄마는 외갓집에서 5남매 중 맏이였다. 둘째외삼촌이 우리 집에 왔을 때 엄마 용돈으로 쓰라며 엄마에게 하얀 봉투를 건넸다. 한참 동안 받지 않으려는 엄마와 끝까지 주고 가겠다는 외삼촌의 실랑이는 내가 눈치 없이 받은 것으로 마무리되었다.

외삼촌은 그 당시에 서울에 있는 대학 영문학과 전임교수였다. 그때 외삼촌의 월급이 얼마인지 알 수 없었지만, 외삼촌이 주고 간 용돈은 정말 큰 액수였다. 엄마의 용돈이니 아버지가 뭐라고 하지 않은 듯했다. 엄마는 피아노 대리점에서 제일 좋은 피아노를 상당한 고가로 구입했다. 당시 세계적으로 잘 알려진 '뵈젠도르퍼 피아노'에 비할 바는 아니었지만, 내게는 그 이상이었다. 가격도 그랬지만 마치 누군가 나를 위해 특별히 제작한 것처럼 나에게 잘 맞았다. 그 피아노는 40년도 더 지난 지금까지 내 곁에 있다.

피아노 살 용돈을 어머니에게 준 외삼촌은 올해 5월에 향년 82세로 돌아가셨다. 그 2주 전에 한국을 방문하고도 뵙지 못한 것이 후회되었다. 외사촌동생이 서울 소재 대학병원 의사라 잘 돌봐서 그런지 평소에 지병도 없었고 건강해서 다음에 또 한국 가면 뵙고 오리라 미루고 왔다. 한국 방문 후 입국 2주 만에 비보를 전해 듣고 할 말을 잃었다. 오늘 본 사람을 내일, 다음에 또 볼 수 있다는 보장을 누가 할 수 있을까.

나는 집에 있을 때마다 피아노에 앉았다. 알 수 없는 신비의 세계로 들어가는 것만 같았다. 그런 나를 바라보는 엄마의 얼굴에 박꽃 같은 미소가 만개했다. 엄마의 얼굴빛은 수평선 너머 구름을 뚫고 고개를 내민 햇살 한 조각에 비친 오렌지빛 같았다. 이마에 일렁이던 잔물결이 환하게 펴지는 듯했다. 어떤 것보다 흐뭇해하고 만족해하는 표정을 읽었다. 엄마는 외갓집에서 맏이로 자랐다. 아버지는 종갓집 장남이었다. 엄마는 친정에서도 시댁에서도 자신의 삶을 살기보다 항상 남을 배려하고 섬기는 삶이 몸에 배었다. 엄마 자신을 위한 삶은 없었다.

엄마는 선견지명이 있었던 걸까. 그 피아노가 아니었으면 어찌 되었을지 모를 일이다. 남편의 미국 유학에 동행하면서 여러 가

재도구는 기증을 했지만 피아노는 이삿짐 목록 1순위에 넣었다. 엄마의 흔적이 오롯이 담긴 피아노를 놓고 올 수 없었다. 유학생 아내의 신분으로 할 수 있는 일이 그리 많지 않았다. 아이들 피아노 레슨을 시작했다. 그 일을 계기로 주변 사람들과 관계 형성이 넓어졌다. 미국 생활에 뿌리 내리기도 그만큼 쉬웠다고 할 수 있다.

태평양을 건너오며 틀어졌을 피아노 현들을 조율했다. 튜닝하고 닦으니 새 피아노같이 다시 반짝반짝 빛이 났다. 한국에서 오랫동안 스며든 다양한 소리를 조율하니 미국에서 새로운 음을 내기 시작했다. 지금까지 지나온 여정 동안 당김음박자를 따라가지 못하고 음을 놓치고 살아온 순간들이 얼마나 많았을까. 피아노 건반 위를 오르내리며 음 이탈과 불협화음이 종종 있었다. 그럼에도 조율하고 지금까지 걸어온 여정마다 화음을 이루며 살아왔던 거였다.

나는 서른여섯 개의 흑건과 쉰두 개의 백건 위를 다양한 속도로 연주한다. 내가 페달을 밟는 순간, 현들은 자신의 때를 기다리다 건반에 모든 에너지를 전달한다. 오선지 위에 누워 있는 피아노 협주곡은 연주자와 시선을 맞추고 손끝으로 들어온다. 여든여덟 개의 건반 위에 삶이 흐른다. 나는 그 피아노로 온음과 반음을 연주하며 때로는 안단테의 속도로, 때로는 아다지오로, 때로는 모데라토로 한 걸음씩 걸어가고 있다.

삶의 옥타브를 오르내리며 다양한 음의 피아노 건반 위를 걸어갈 때 내가 반음 올리면, 남편은 반음 내리는 일이 종종 있었다. 못갖춘마디로 시작하는 곡은 박자를 잘 맞추지 못할 때도 있었다. 서로의 음을 들으며 화음을 이뤄 살아온 지도 어느새 30여 년이 되었다. 화음은 하나의 음으로는 이룰 수 없다. 높이가 다른 둘 이상의 음이 함께 모일 때 나는 소리다. 각자 삶의 음색을 간직하되 조화를 이루며 연주하는 것이 아닐까.

남편과 나는 어떤 화음으로 하모니를 완성할 수 있을까. 광야 여정 동행하는 동안 못갖춘마디로 시작해서 못갖춘마디로 끝나겠지만 그래도 이중주를 연주한다. 못갖춘마디는 첫 박자와 마지막 박자를 합해야 한마디 박자가 온전히 완성된다. 못갖춘마디를 시작할 때 첫 음을 놓치고 들어갈 때도 있었다. 한두 마디 지나다 보면 어느새 서로 음을 맞추고 박자도 조율하며 걸어갈 터이다. 삶의 지혜가 풍부하지 않아 여전히 미흡한 박자와 음정으로 연주할 테지만, 서로의 박자와 음정에 귀를 기울이며 연주하다 보면 천상의 하모니는 아니더라도 최상의 아름다운 하모니를 이루지 않을까.(2023.07)

낙타의 노래

몇 년 전에 이스라엘 예루살렘에서 있었던 컨퍼런스에 참여할 기회가 있었다. 일정이 끝나고 공항에 가기 전에 잠시 숙소 앞에 있는 기념품 가게에 갔다. 그곳에서 내 시선이 흘러간 것은 기념품 진열대 위에 나란히 줄지어 서 있는 낙타조각품이었다. 살아 있는 낙타들이 사막을 행진하며 나를 바라보는 듯한 눈빛이었다. 올리브나무로 만든 조각품인데 그 눈빛에 서린 낙타의 눈망울과 마주한 순간, 알 수 없는 묘한 세계로 들어가는 듯했다. 낙타의 눈빛이 살아서 나에게 말을 건네는 것만 같았다. 그 가게에 있는 낙타조각품 몇 개를 구했다.

낙타는 사막을 대표하는 동물이다. 튀르키예 카파도키아에 방문했을 때 거리에 낙타들이 줄지어 걸어가는 모습을 목도했다. 그 길옆을 동행하듯 따라갔다. 눈앞에서 낙타 실물을 마주했는데 흠모할 만한 어떤 모양도 없었다. 느릿하게 걷는 다리와 덥수룩한 털은 노폐물에 닿아서인지 지저분해 보였지만 그 모습조차도 애잔해 보였다. 그곳에서 마주한 낙타의 눈빛은 맑고 선명했다.

모든 것에 초연한 듯한 그 눈빛이 오랫동안 잊히지 않았다. 무거운 짐과 사람을 태우고 땡볕 아래를 걷는 낙타의 눈에 슬픔이 어려 있었다.

낙타는 발목의 위치가 높다. 60도에서 70도에 이르는 사막의 낮 지면 복사열을 피하기에 안성맞춤이다. 고고하고 품위있게 걷는 자태는 사막의 모델이라 칭해도 과하지 않다. 일정한 보폭과 속도로 걷는 모습은, 거대한 성을 향해 목표 지향적으로 달려가는 현대인들에게 많은 질문을 건네는 것만 같았다. 방향이 아니라 속도 위주를 지향하는 사람들에게는 어울리지 않는 풍경이었다. 낙타의 자태와 걸음걸이는 초고속을 추구하는 자들에게 비현실적이고 이질적이었다. 한발 빨리 걷는다고 한들 무슨 의미가 있을까. 자기의 보폭에 맞춰 걷다 보면 언젠가는 자기가 있어야 할 자리에 있지 않을까.

낙타의 삶은 전적으로 이타적이다. 인간과 함께 살아온 낙타의 역사는 사천 년이 넘었다. 낙타는 유목민들에게는 생명과 같은 존재다. 한 곳에 오래 정착하지 못하고 자주 이주해야 하는 그들에게 결코 빼놓을 수 없는 동행자이다. 낙타의 배설물은 사막에서 연료로 사용되고, 털은 이불이나 의류를 만드는 데 사용된다. 낙타의 젖은 유목민들에게 사막에서 먹거리이자 수분이 된다. 낙타는 털을 깎아도 반항 한 번 하지 않는다. 순응하기 위해 존재하는 것처럼 주인의 손에 맡겨진 채 자신의 몸을 보호하는 털까지 아낌없이 내어준다. 최소한의 자기 보호 장치도 없다. 약육강식의 생존 본능에 의한 세상 법칙에 역행한다.

물은 낙타에게 건조한 사막기후에서 생명과 같다. 낙타는 물을 저장하는 위가 따로 있다. 10분에 100리터의 물을 마실 수 있는데, 한 달 넘게 물을 마시지 않아도 생존할 수 있다고 한다. 사막기후를 견딜 수 있는 최적의 동물이다. 하루에 40킬로미터씩 최대 15일까지 걸을 수 있다. 낙타가 사막에서 견딜 수 있는 비결은 등에 있는 혹 때문이다. 혹에 영양소를 저장해서 한 달 이상의 사막 여정에서도 견딜 수 있다. 짐같이 거추장스러운 혹이 생명을 유지할 수 있는 비결이 될 수 있다니! 혹을 벗어버리면 가볍고 사막을 걷기 편리하겠지만, 그 혹이 없으면 사막에서의 삶을 견딜 수 없다. 낙타에게 가장 치명적이고 무거운 짐이 낙타의 생명을 유지할 수 있는 비결이 되는 아이러니한 신체 구조와 삶이 신비롭다.

유목민들은 일 년에 서너 번 이사를 한다. 낙타들의 등에 짐을 싣고 온 가족이 이주하는 모습이 카메라 앵글에 포착되었다. 무거운 이삿짐을 등에 지고 사막을 걷는 낙타들의 행렬에서 한동안 눈을 떼지 못했다. 낙타는 봄에 매서운 사막의 모래폭풍에도 끝이 보이지 않는 사막 능선을 걷는다. 겨울 추위보다 혹독하다는 모래폭풍을 마주하며 멀고 험한 여정을 떠난다. 낙타의 속눈썹이 유난히 긴 이유는 모래로부터 눈을 보호하기 위함이란다. 앞이 보이지 않을 정도의 심한 모래폭풍 속에서도 불평 한마디 없이 묵묵히 사명을 수행하고 자기의 길을 갈 뿐이다.

사막을 지나는 동안 각자의 등에 짊어진 낙타의 혹과 같은 짐이 있으리라. 그것이 없으면 삶이 달라졌으리라 생각할 수 있겠지만, 그것 때문에 지금까지 광야를 무사히 지나오지 않았을까. 나를 더 견고하게 세우고 지탱해 주는 도구가 아닐까. 때론 벗고 싶은 짐일지라도 그 짐 때문에 살아갈 이유와 목적이 있으리라. 낙타를 마주했던 그 순간이 아직도 잊히지 않는다. 인간은 사막이 건네는 소리를 듣지 못하지만, 낙타는 사막의 노래를 듣기에 천천히 걷는다.

낙타는 안단테의 걸음으로 사막을 걷는다. 인간은 사막을 빨리 지나가길 원하지만, 낙타는 뛰지 않고 천천히 고고하고 품위 있게 걷는다. 낙타는, 모두 떠난 황량한 사막뿐인 모래무덤에서 사막의 파수꾼으로 사막을 지킨다. 인간에게 등을 내어주고 끝을 알 수 없는 여정을 떠난다.(2022.02)

탁상시계

어느 날 문득 주위를 둘러보다 탁상시계에 내 시선이 흘러갔다. 오랫동안 나와 동행한 탁상시계였다. 산소의 고마움을 모르듯 그동안 탁상시계 존재 자체를 잘 인식하지 못하고 살아왔다. 탁상시계는 산소와 같은 존재다. 하루 일상을 시작하며 내가 자주 마주하는 물건이다.

탁상시계는 알람시계라고도 부른다. 알람(alarm)이라는 단어는 원래 이탈리아어로 '적을 향해 무기를 들고 돌진하라'는 뜻의 군사 용어로 사용되었다. 과거에는 전쟁 중에 적의 심상치 않은 움직임이 포착될 때 지휘관이 '알람'을 외쳤다고 전해진다. 오늘날은 미리 설정한 조건에 맞춰 음을 내는 장치를 말한다. 하루의 시작과 끝을 함께한 탁상시계는 나의 호흡 소리와 함께 달려온 고마운 존재다.

탁상시계는 내가 결혼할 때 구입했다. 책을 가까이하는 남편 책상에 놓고 편리하게 사용할 수 있도록 남편의 취향을 고려한 거였다. 살아오면서 건전지를 교체한 기억이 별로 없다. 시계 가게에서 방금 사 왔다고 해도 믿을 정도로 새 시계처럼 말끔하다. 디자인이 단순하고 크기도 작은데 오랫동안 사용할 수 있는 비결이 궁금했다. 탁상시계 건전지는 영구적으로 사용할 수 있는 기능이 없는데 이유를 알 수 없으니 아직도 아이러니다.

한국에서 미국으로 이주하면서 물건 대부분을 정리하고 많은 도서를 공공기관에 기증했다. 남편 유학을 준비하면서 최소한의 짐만 남기고 모두 정리했는데 미국까지 가져온 것이 바로 탁상시계다. 해외 이삿짐을 배송하는 선박 어딘가에서 한 달이 넘는 시간 동안 시침이 움직였을 거였다. 망망대해를 지나면서도 자신의 임무에 충실했을 터였다. 태평양을 건너오는 동안 마주한 폭풍을 견디고 나에게 오기까지의 시간을 간과할 수 없다. 탁상시계도 주인의 삶처럼 고단한 시간이 있었으리라. 멈추지 않고 미래만을 향해 달려만 가는 시계인들 쉬고 싶은 때가 없지 않았을 터이다. 지금까지 내 삶의 여정 가운데 방전되어 충전이 필요할 때가 있었다. 시간이 멈춘 것 같은 침묵 속을 지날 때도 있었다.

타인의 어이없는 과실로 여러 차례 사고를 당했다. 치료와 회복 시간이 오래 걸렸고 아직 후유증이 많이 남아 있다. 끝이 보이지 않을 듯한 어두운 터널의 연속이었다. 이때 탁상시계는 현재의 연속이 내일이라고, 이 순간 호흡하고 있는 자신의 존재가 소중한 것이라고, 탁상시계처럼 순간에 충실한 것 자체로 소중한 삶이라고 말해주는 듯했다. 시간을 멈출 수 없듯이, 살아있는 한 호흡을 멈출 수 없듯이, 탁상시계는 나에게 내 삶과 같은 존재의미를 부여했다. 아이들이 성장하는 시기에 따라 여러 물건이 교체되었는데, 여전히 곁에 놓여 있는 탁상시계는 남편과 나의 무의식 속에 자리하고 있었을 터이다. 굳이 챙기지 않아도 이삿짐에 넣고 짐을 정리하면서 가장 가깝고 편리한 위치에 놓고 살아왔던 거였다.

밤하늘의 별들조차도 깊이 잠든 한밤중, 불면의 밤을 지날 때 가장 선명하게 들리는 소리가 탁상시계 시침소리다. 한밤의 고요를 깨고 들려오는 소리를 듣지 못하는 사람은 알 수 없는 소리다. 분주한 도시에서는 들을 수 없는 소리다. 홀로 광야를 거닐 때 고요하게 들려오는 소리다. 철저하게 그 시침소리와 마주한 자는 그 소리의 의미를 알게 될 테다. 모든 것이 침묵하는 깊은 밤에 유일하게 나에게 소리를 들려주는 존재다. 지금도 탁상시계에서 시침이 움직인다. 이 순간이 이미 과거가 되고 있음을 알리는 듯, 초침 하나하나에 담긴 소중한 순간들을 기억하라는 듯이 내 귀에 메아리가 되어 울린다. 내가 살아있는 동안 탁상시계도 나와 동행할 거라고 약속을 하는 듯하다.

생명체와 무생명체가 동행할 수 있는 존재의미를 새긴다. 내가 먼저 호흡을 멈출지 탁상시계가 먼저 시침을 멈출지는 모를 일이다. 지금껏 지내온 탁상시계의 수명을 보면 나와 오랫동안 동행할 수 있을 듯하다.

내 시계의 방향을 점검한다. 알람 시침이 가리키는 곳이 새벽인지, 정오인지, 저녁인지, 아니면 칠흑 같은 한밤중인지 잠시 돌아본다. 내 삶의 시계는 지금 몇 시에 놓여 있는지, 몇 시를 향해 가고 있는지 가만히 들여다본다. 지난한 흔적이 시계 안에 담겨 있다.(2020.05)

특별한 선물

우리는 누군가에게 받은 선물에 대한 기억을 간직하고 있다. 그것이 좋은 것이든 그렇지 않은 것이든 대가 없이 받는 것이 선물이다. 어떤 대가를 요구한다면 그것은 이미 선물의 가치를 상실하고 거래를 하는 것이다. 그래서 선물은 받는 사람보다 주는 사람이 더 행복한 것이 아닐까. 선물은 주는 사람의 마음과 정성이 온전히 담겨 있기에 선물 내용보다 선물 자체로 이미 소중하다.

삶은 우리가 생각지 않은 다채로운 선물들이 포장되어 있다. 아직 뜯지 않아 그 안에 어떤 내용물이 들어 있는지는 미지수다. 오늘 하루의 선물상자를 열어보는 기대감으로 아침 문을 연다. 선물을 받았을 때 선물 내용보다 그 선물을 준 사람의 마음과 정성이 얼마나 고마운가. 아직 열어보지 않은 새로운 삶 속에 어떤 일들이 기다리고 있을까. 생각지 못한 복병이 기다리는 경우도, 변수를 만나는 경우도 종종 있다. 예측불허의 삶이기에 때로는 긴장되고 기대가 되는 것이 아닐까.

나는 일곱 살 때 급성 폐렴으로 병원에서도 이미 치료가 불가능한 상태에 처했다. 의학적인 영역에서는 더 이상 할 수 있는 일이 없었다고 한다. 병원에서 가망이 없다는 진단을 내리고 부모님께 집에 가서 마음의 준비를 하고 장례 준비를 하라고 했단다. 부모님께서는 숨이 꺼져가는 나를 업고 집으로 돌아와 방에 눕혀 놓았다. 아버지와 엄마는 식음을 잊고 밤낮으로 내 곁을 지키셨단다.

내가 누워서 생과 사의 길을 오갈 때 "우리 막내 일어나야지. 그만 자고 이제 일어나자." 아버지의 말소리가 들렸다. 놀랍게도 나는 그 말을 듣고 깊은 잠에서 깬 듯이 일어났다. 죽음을 준비하라고 병원에서 집으로 보냈는데 죽었다고 생각했던 내가 눈을 뜨고 다시 일어난 거였다. 무의식과 의식의 경계 사이에 무엇인가 알 수 없는 세계가 존재함을 그 어린 나이에도 어렴풋하게 느낄 수 있었다.

가까운 지인이 얼마 전에 새로운 집으로 이사를 했다. 그 집을 수리하고 새로 단장하는데 그 주변에 있는 식물들이 너무 신기하더란다. 사람들이 그렇게 밟고 다니고 비바람이 찾아와도 어느 날 가서 보면 그 자리에 새로운 싹이 나고 터를 잡고 무럭무럭 자라가고 있다는 거였다. 얼마 전 그 지인의 집에 초대받았다. 자연이 실어다 준 바람과 공기와 햇빛의 협력으로 자연 한 모퉁이에서 무성하게 자라고 있는 식물들이 신기했다. 길가에 핀 들풀조차도 그렇게 끈질긴 생명력으로 소생하고 자기의 몫을 감당하며 호흡하고 있는데, 하나님의 형상으로 창조된 우리 인간의 생명은 어떨까.

아직 열지 않은 선물상자가 매일 나를 기다리고 있다. 매 순간 삶을 대할 때, 내가 그 사람과 마주하는 마지막 순간이 될 수도 있다고 생각한다면 어떨까. 그 대상이 가족이든 타인이든 나에 대한 어떤 기억과 추억을 남길 수 있을지 생각한다면 한순간도 무의미하게 살 수 없으리라. 나에게 가장 소중한 선물은, 나에게 허락된 이 순간을 호흡하며 오늘을 살아가는 삶 자체가 아닐까.(2014.05)

연시와 홍시 사이

감나무는, 새들이 비밀을 싣고 날아와 홍시에 내려놓고 가는 아지트다. 가을이 되면 새들이 허공에 달린 빨간 홍시를 만나려고 마실 왔다 달아난다. 가을 하늘에 주홍빛 감이 우듬지에 매달려 있으면 새들이 와서 잠시 쉬어간다. 파란 하늘 허공에 빨간 감이 있으면 하늘에 작은 태양이 떠 있는 것만 같다. 감을 수확할 때 우듬지에 몇 개 남겨놓는 것도 하늘길을 나는 새들을 위한 작은 배려일 테다. 가을이 되면 지인들에게 홍시를 나눠줄 생각에 감나무 주인의 마음은 이미 홍시 빛으로 물든다.

아주 오래전의 〈대장금〉에서 장금 아역을 맡은 주인공 대사가 오랫동안 회자되었다. 어린 장금이 생각시 시절에 궁에서 요리를 배우는 과정에서 음식을 시식한 후 재료의 맛과 비법을 알아맞히는 과제를 받았다. 그 음식 맛의 비법이 무엇이냐는 상궁의 물음에 장금은 홍시라고 답했고, 놀란 상궁은 어찌하여 홍시 맛이 난다 하였는지 다시 물었다. 이에 장금은 "홍시 맛이 나서 홍시 맛이 난다고 했을 뿐인데 어찌하여 홍시 맛이 나느냐고 물으신다면…"라고 말했다. 어린 장금의 그 대사가 아직도 귀에 생생하게 들리는 듯하다.

가을은 어느 계절보다 제철 과일이 풍성하다. 마트에 가서 연시와 마주하는 그 순간은 경이로울 정도다. 일 년을 기다려 온 순간이 아닌가. 연시가 열리기까지 뜨거운 땡볕과 폭풍을 견디고 열매를 맺어, 나와 마주하는 과정이 거저 주어지는 것이 아님을 알기에 감격스럽게 맞이한다. 그 연시들은 나의 예리한 눈에 통과되어 흠이 없고 좋은 것으로 마트 봉지에 담기고 내 집으로 온다. 나의 홍시 사랑은 연시가 더 이상 나오지 않을 때까지 한 계절 동안 계속된다.

연시를 담을 용기를 미리 준비하고 연시와 용기의 크기와 상태를 분류해서 연시가 상하지 않게 정성스럽게 하나하나 잘 담는다. 매일 뚜껑을 열어보며 잘 숙성되고 있는지 들여다보고 대화를 한다. 홍시 맛은 사랑과 정성의 양과 비례한다. 홍시를 발효시킬 때 중요한 것은 연시와 사과의 비율이다. 사과도 품종에 따라 맛과 효능이 다르다. 연시를 숙성시킬 때도 어느 사과를 사용하느냐에 따라 홍시 맛이 달라진다. 연시와 사과 품종을 잘 선택해야 한다. 홍시를 만들 용기도 중요하다. 어떤 용기에 담느냐의 미묘한 차이가 홍시의 맛을 좌우한다. 미세한 차이가 맛의 질을 결정한다. 단맛을 즐기려면 사과 양을 늘리고 단맛을 좋아하지 않으면 숙성 기간과 사과 양을 조절한다.

연시 몸에 변화가 일어나기 시작하면 색상이 달라진다. 단단했던 몸이 투명한 빛을 머금기 시작한다. 그때마다 방향을 돌려주며 잘 숙성되고 있는지 살피고 색상을 보고 숙성의 완성 여부를 가늠한다. 잘 숙성된 연시가 홍시가 되는 순간, 하나씩 골라내어 홍시를 깨끗하게 씻어 놓는다. 물기가 빠지면 홍시를 담을 선물 상자를 만들고 그곳에 홍시를 담아 정성스럽게 포장해서 지인들에게 전한다. 잘 숙성된 홍시는 하루이틀만 지나도 제맛을 잃을 수 있다. 가장 적절한 때에, 최상의 맛을 느낄 수 있도록 전달하는 것이 중요하다.

환절기에 감기 예방과 면역력 보충으로 적합한 홍시가 내 손에서 만들어지는 듯하지만, 실내 온도와 발효 조건이 잘 조성되지 않으면 최상의 맛이 나지 않는다. 지인들이 집에서 홍시를 발효했는데 내가 만든 홍시 맛이 아니라는 거였다. 아무리 시간이 지나도 발효가 되지 않고 부패했단다. 어떤 과일인들 홍시 맛처럼 깊고 달콤한 맛을 품어 사람의 미각을 즐겁게 할 수 있을까. 홍시가 겉껍질을 벗고 부드럽고 빨간 과즙이 입안에 닿는 순간 세로토닌 호르몬이 분비되어 세포 구석구석까지 전달된다. 미각 세포들이 일제히 일어나 분주하게 움직인다. 홍시의 부드러운 과육이 식도를 타고 위장으로 내려갈 때 나는 행복한 환호성을 부른다.

엄마는, 내가 유년 시절에 학교 갔다 집에 오면 홍시를 유난히 좋아하는 나를 위해 간식으로 내놓았다. 홍시를 먹는 동안은 주변에서 무슨 일이 일어나는지 알 수 없었다. 비둘기가 먹이를 먹을 때 자기 앞에 놓인 먹이에만 충실하듯, 비둘기의 눈을 가진 자처럼 오직 홍시 먹는 일에 몰입했다. 엄마는 가을에 얼려 놓은 홍시를 겨울에 가족들 간식으로 내놓았다. 홍시로 만든 천연 아이스크림을 함박눈이 펑펑 내리는 겨울에 즐겨 먹었다. 그 맛은 먹어본 사람만 알 테다.

우리 집 김장김치는 다른 집의 김장김치와 다른 우리 집만의 비법이 있었다. 나중에 알게 되었지만, 엄마는 설탕 대신 홍시를 넣었단다. 나도 그 맛을 잊지 못해 겨울철에 김장할 때 설탕을 사용하지 않고 홍시 과육을 넣는다. 그러면 김치맛이 달라진다. 가을에 홍시 과육을 준비해서 냉동실에 보관한다. 김장철뿐만 아니라 평소에 김치 담글 때도 설탕 대용으로 사용한다. 인공적인 단맛이 아닌 천연 단맛이 김장 재료들 속에 배어나 깊은 단맛을 낸다. 그 맛을 먹어본 사람이라면 홍시 맛이 김치 맛을 좌우한다 해도 이의를 제기할 사람이 없으리라. 계절을 깊이 담고 있는 홍시 맛을 어찌 잊을 수 있을까.

내가 지인에게 홍시를 선물했을 때 지인이 들려준 얘기다. 지인 오빠가 선교사인데 과일 중에 감을 제일 좋아했단다. 지인 어머니가 가을만 되면 선교사로 나간 아들 생각에 감을 따서 홍시를 만든다고 한다. 어느 날 지인 어머니는 딱딱한 감을 준비해서 연시를 선교지에 보냈단다. 오랜 시간에 걸쳐 선교지에 배송된 연시는 배송기간 동안 홍시가 되었단다. 지인 오빠는 그 홍시 아닌 홍시를 먹으며 눈물을 많이 흘렸다는 얘기를 전해 들었다. 가을이 되면 감을 좋아하는 아들 생각에 홍시를 보낼 수 없어 딱딱한 감을 보냈는데, 선교지에서 받아본 연시는 물컹하고 빛바랜 홍시가 되어 상자 안에 있었을 거였다. 어머니를 생각하며 그 홍시를 입에 넣었을 지인 오빠는 어떤 마음이었을까.

홍시를 맛본 지인들은 가을이 되면 내 홍시가 생각난단다. 홍시는 홍시 이상의 가치를 담고 있다. 딱딱한 연시가 부드러운 홍시가 되기까지 어둡고 답답한 공간에서 발효되는 시간이 있다. 사과의 효소를 흡수해 홍시로 변해가는 그 과정을 어찌 알 수 있을까. 자신과 다른 이물질에서 흘러나오는 성분으로 단단했던 연시가 부드럽고 유연한 홍시로 과육 자체가 변했다. 사과의 레티놀 성분과 결합해 단단했던 연시가 부드러운 홍시로 완전히 다른 성질로 전환되었다. 그 비결이 무엇일까.

연시와 홍시 사이에 사과가 있었다. 사과는 공기가 차단된 어두운 곳에서 은밀하게 자신의 효소로 연시를 발효시키는 희생을 감수했다. 자신만의 영양과 효소가 다 빠진 상태로는 이제 더 이상 사과의 구실을 할 수 없다. 자신의 맛과 효능을 상실하면서 다른 과일에 양보하고 자신의 모든 것을 덜어내는 사과의 놀라운 역할이 있었다. 사과의 맛과 형태, 빛깔이 변해서 사과의 기능을 할 수 없게 되었다. 그럼에도 기꺼이 연시와 홍시 사이에 중재자 역할을 감당했다. 자신의 본분을 다하고 서서히 자취를 감추었다. 연시는 깊은 단맛을 품고 홍시로 재탄생했지만, 사과는 어떤가.

우리는 서로 다른 성향과 생각을 품고 어우러져 살아가고 있다. 누군가는 양보하고 내려놓아야 타인과 공동체가 편안하고 안정된 마음과 관계를 유지할 수 있다. 연시같이 딱딱한 사람만 있다면 강팍한 세상일 수밖에 없으리라. 연시가 홍시로 거듭난 것은 사과가 숨은 곳에서 그 몫을 감당했기에 가능했다. 사과의 역할을 간과하고 홍시 맛만 기억할 수 없다. 연시가 담긴 어두운 용기 구석에서 단단한 연시가 부드러운 홍시가 되도록 고군분투했을 사과의 몫을 나는 기억한다. 아무도 알아주는 이 없어도 자기의 수고로 주변 사람들이 변하고 새로워진다면 얼마나 감사한 일인가. 연시가 홍시가 되는 그 내밀한 시간 속에 삶의 깊은 지혜가 담겨 있다.

홍시를 맛보고 행복해하던 지인들을 마주하며 내가 더 행복했다. 올해도 이제 홍시의 계절이 올 테다. 홍시를 맞이할 마음에 첫 데이트에 나가는 마음처럼 설렌다.(2023.07)

병어조림을 만들며

집안에 가득한 음식 냄새가 후각을 자극했다. 가스레인지 위에서 보글보글 끓는 소리에 냄비 뚜껑을 열었다. 하얀 동공이 튀어나온 생선 눈과 마주하는 순간 화들짝 놀라 경기를 일으킬 뻔했다. 그 눈동자는 마치 나를 겨냥해 시선을 멈춘 듯했다. 자기를 구해 달라는 무언의 눈빛이었다. 병어였다. 병어가 두툼한 무를 침대 삼아 양배추 이불을 덮고 가스레인지 위에서 팔팔 끓고 있었다. 양보할 마음이 없는 나로서는 병어의 애처로운 처지를 보고도 침묵할 수밖에 없었다. 병어는 130도 이상의 고온이 가해지는 스테인리스 냄비 속에서 그렇게 나의 희생 제물로 준비되었다. 구강을 거쳐 식도와 위장의 긴 여정을 떠날 준비를 했다.

병어조림은 외할머니가 생전에 좋아했던 음식이다. 엄마는 그 요리를 마주할 때마다 외할머니를 떠올리곤 했다. 엄마는 종갓집 맏며느리로 시집와 집안 살림하느라 외갓집 대소사가 있을 때마다 대부분 참석하지 못했다. 외할머니를 떠올리며 눈물을 훔치던 엄마의 모습이 기억에 남아 있다. 그때마다 엄마는 외할머니가 좋아하는 병어조림을 만들고 그것으로 외갓집에 가지 못한 아쉬운 마음을 홀로 달랬다. 어렸을 때는 그것이 어떤 의미인지 알지 못했다. 결혼하고 지천명이 지나니 엄마가 좋아했던 요리가 생각난다. 엄마가 유난히 그리울 때면, 엄마가 즐겨 드셨던 요리를 만들고 싶을 때가 있다. 엄마가 생전에 병어조림을 만들 때는, 외할머니가 그립다는 마음의 소리를 그 요리에 담아서 표현했을 터이다.

마트에서 생선 코너 앞을 지나갈 때면 한국에서 포장되어 미국으로 건너온 병어를 구해서 온다. 병어가 헤엄치며 건너왔을 수많은 파도와 파도의 높이가 느껴지는 듯했다. 병어가 안고 왔을 파도 속의 비밀과 물결의 역사를 알지 못하지만, 병어의 내밀한 삶을 유추하며 병어를 골랐다. 오래전, 엄마가 시장에서 병어를 고르면서 외할머니가 좋아했던 생선이라며 제일 싱싱하고 좋은 것으로 고르던 것처럼.

엄마의 부엌에는 한평생을 동고동락한 도마가 있다. 그 도마 위에서 많은 식재료가 잘리고 다듬어져 가족들 먹거리가 되었다. 엄마의 도마 위에 올라간 식재료들이 얼마나 될까. 엄마는 평생 얼마나 많은 요리를 했을까. 유년 시절에 아침마다 눈을 뜨게 한 것은 엄마의 부엌에서 토닥토닥 들리는 도마 위의 칼 소리였다. 엄마가 새벽예배 갔다 오셔서 아침 밥상을 준비하는 그 소리는 어김없이 내 귓가에 와서 소곤거렸다. 이제 학교 갈 시간이니 일어날 준비를 하라고 말해주는 것만 같았다. 내가 시간을 맞춰놓은 알람시계보다, 엄마의 도마 위에서 리드미컬하게 들리는 소리가 나의 졸린 눈을 번쩍 뜨이게 했다.

엄마의 부엌에서 들려오는 도마 위의 칼 소리는 아침을 여는 엄마만의 독주회였다. 도마와 칼은 엄마의 무대에서 연주하는 악기였다. 때론 피아노로, 때론 바이올린으로, 때론 플루트로 엄마만의 음색을 연주했다. 어느 때는 북과 장구, 꽹과리도 동원되었다. 관객은 주방에 있는 식재료들이었다. 재료를 자르는 소리가 일률적으로 리듬에 맞춰 한도막 형식 노래를 작곡하는 듯했다. 그 소리가 잠시 멈추면 요리가 한 가지씩 완성되었다. 도마 위의 리듬이 멈출 때면, 엄마가 작곡하는 악보에 잠시 쉼표를 삽입해 숨을 고르게 하는 여유를 주곤 했다. 엄마의 도마 위에서 들려오는 소리는 아침마다 행복하게 나의 눈을 뜨게 했다. 게다가 병어조림이 올라온 날에는 생일상을 맞은 듯 미소가 절로 지어졌다.

도마는 엄마와 내가 교감할 수 있는 교집합이다. 엄마는 종갓집 맏며느리로 시집와 한평생을 도마와 동행했다. 나도 맏며느리로 시집와 도마 위에서 삶을 요리하고 있다. 그동안 내가 만든 다양한 요리는 때로 입에 잘 맞는 양념의 조화를 이루기도 했고, 간이 맞지 않아 너무 짜거나 매운 음식이 되기도 했다. 알맞은 양념 배합이 음식 맛을 좌우하는데 내 아집으로 지나치게 많은 양념을 넣어 양념의 균형이 맞지 않은 때도 있었다.

오랜만에 만찬을 준비했다. 병어조림이 완성되어 식탁 위에 올려졌다. 생태탕과 해물탕까지 올려졌다. 삶의 파도를 가르고 숱한 폭풍우 넘어 항해하며 식탁 위에 올라왔을 해물들의 내장을 들여다본다. 그네들도 나처럼 마음 한 곳 저 어딘가에 바람이 머물고 있을 언저리가 남아 있는지. 외할머니와 엄마, 내가 좋아하는 요리를 준비하며 엄마의 밥상을 떠올린다. 엄마는 엄마의 부엌에서 외할머니를 추억하며 어떤 요리를 만들었을까. 엄마가 병어조림을 준비하면서 어떤 마음이었을까. 엄마가 외할머니를 회상하며 요리한 엄마의 부엌을 서성인다.(2022.03)

갈증

사무엘 울만(1840~1920)은 독일에서 열한 살 때 부모를 따라 미국으로 이주했다. 남북전쟁 참전 때 바로 옆에서 터진 포탄 소리에 청각장애자가 되었다. 그가 78세에 쓴 시가 「청춘」이다. “영감이 끊어지고 / 정신이 냉소의 눈에 덮일 때 / 비탄의 얼음에 갇힐 때 / 그대는 스무 살이라 하더라도 늙은이라네 / 그러나 머리를 높이 들고 희망의 물결을 붙잡고 있는 한 / 그대는 여든 살이어도 늘 푸른 청춘이라네.”

공영방송 텔레비전 시사 프로그램에 출연한 93세 할머니가 ‘늦게 피는 꽃이 아름답다’고 하는 말로 공감을 주었다. 이 땅에 잠시 심부름 나온 나그네 인생 여정이 앞으로 완주하기까지 시간이 얼마 남지 않았음을 짐작할 수 있는 나이였다. 그럼에도 불구하고 갈증을 느끼고 계속 자신의 내면을 위해 부단히 가꾸는 그 열정만큼은 어떤 젊은이들보다 탁월했다. 아무리 젊어도 꿈이 없으면 죽은 것과 다름없다. 그 나이에도 자신에 대한 갈증으로 날마다 정진하는 할머니는 나이와 상관없이 청춘이다. 꿈이 있고 열정이 있다면 늙지 않는다. 신체적 나이는 늙는다 해도 정신적 연령은 여전히 청춘이다.

무엇을 시작하기에 늦은 시기는 없다. 하고 싶은 열망이 있고 무엇인가에 갈증을 느낀다면 그것을 해갈할 우물을 찾으면 되리라. 그것이 무엇일지는 갈증을 느끼는 자만 안다. 우리 몸은 70% 이상이 수분으로 구성되어 있고 그중에 2%만 부족해도 탈수현상이 나타난다. 그것이 충족되지 않으면 위험한 상황에 이를 수도 있단다. '현대인들에게 가장 큰 질병이 무엇일까?'라는 질문 앞에 다양한 답변들이 나올 수 있겠지만 나는 무감각이라고 말하고 싶다. 자신이 환자라는 것조차 인정하지 않고 자신의 몸이 점점 썩어가는데도 감지하지 못하는 사람들처럼 말이다. 갈급함, 목마름이 없다는 것은 병들어 있거나 중증 환자라는 신호가 아닐까. 나의 상태를 정확하게 진단하고 탈수 증세를 민감하게 느끼고 그것을 충족할 수 있는 길을 알아야 하리라.

기독교 저술가인 맥스 루케이도(Max Lucado)는 『목마름(Come Thirsty)』에서 쿠바 출신의 전설적인 잠수부 피핀 페레라스(Pipin Ferreras)에 대해 기록하고 있다. 피핀 페레라스는 아무도 들어가 본 적이 없는 바다 밑까지 내려가고 싶어했다. 보통 사람이 맨몸으로 잠수하는 바다 깊이는 보통 3~6미터 정도. 이에 비해 페레라스는 바다 밑 160미터까지 헤엄쳐 내려갔다. 그 시간이 3분 12초였단다. 어떤 기구의 도움을 받지 않고 무호흡으로 그보다 깊이 들어간 잠수부는 없었단다. 그런데도 그는 여전히 더 깊이 들어가길 원했다는 것이다. 바다의 그 깊은 세계와 신비로운 맛을 안 자는 그 깊이를 더 경험하고 싶어한다. 바닷속 깊은 세계를 헤엄쳐 본 자는 그 깊이에 대한 목마름으로 갈망하게 된다.

내가 지금 가장 갈망하고 목말라하는 것이 무엇인가. 나의 현주소는 내가 무엇에 목말라 하는가로 진단되리라. 내 삶의 후반전은 내가 어떤 우물을 파서 갈증을 해결하느냐에 따라 방향 설정이 되리라. 소나무는 죽기 전에 솔방울이 제일 많이 열리고 푸르름의 극치를 이룬단다. 한 그루의 나무조차도 자신의 마지막 때를 알고 생명을 다하는 순간까지 전심전력한다는 거였다. 과일나무도 자신이 죽기 전에 나뭇잎과 과실을 가장 풍성하게 맺는다고 한다. 꽃나무 역시 죽기 전에 만개하고 자신의 삶을 불태우는 순간이 있단다.

척박한 마음을 가다듬고 밭이랑에 씨앗을 뿌린다. 봄에 뿌린 씨앗은 비록 더딜지라도 언젠가 그 열매를 거두리라. 한여름의 작열하는 땡볕 아래에서 인고의 시간을 지내야 할 때도 있다. 가을날에 거둬들일 풍성한 열매들을 기대하며 수고를 감수해야 하리라. 갈증을 느끼는 그 순간이 살아있다는 청신호다. 내 삶에 열정을 다해 전심전력해 불태울 마음속 우물 하나 판다. 마르지 않는 생수를 마신다. 나는 살아있기에 갈증을 느낀다. 아! 목마르다.(2014.03)

***2017년 『한국문학예술』 신인상 당선, 봄호 게재.**

선인장은 부드럽다

동네 공원을 산책했다. 군락을 이루고 있는 선인장에 시선이 흘러갔다. 온몸에 침을 꽂고 있는 선인장 모습에 한동안 걸음을 멈추고 유심히 들여다보았다. 날카로운 가시를 세우고 사느라 얼마나 고단할까 생각하니 안쓰러웠다. 몸이 아픈지 마음이 아픈지 세심하게 살폈다. 선인장은 겉모습과 달리 속이 부드럽다. 선인장을 마주하며 마음과 달리 타인에게 말로 상처 주고 거칠게 대하는 사람들도 이면에 다른 모습이 있지 않을까 생각되었다.

선인장은 사막에서 생존하기 위해 잎을 작게 만들어 수분 증발을 최소화하고 넓은 잎 대신에 뾰족한 가시를 갖게 된 식물이다. 선인장의 가시는 생존을 위한 전략이다. 선인장 가시처럼 날카롭고 공격적인 사람들도 의외로 부드럽고 따뜻한 사람들이 있다. 타인에게 상처를 많이 받은 사람들일수록 자신을 보호하기 위한 방어기제로 가시를 세우고 날카롭게 반응하는 사람들이 종종 있다. 어떤 행동 이면의 원인을 보지 못하고 가시적인 현상만으로 그 사람을 쉽게 판단하고 정죄해서 이상한 사람으로 치부해 버리면, 그 사람 안에 내재된 다른 모습을 보지 못하는 경우가 있다. 우리는 때로 입체적으로 보지 못하고 단면만 보고 숨겨진 뜻을 간과하는 듯하다.

자신의 몸을 벌레들과 외부의 공격으로부터 보호하기 위해 온몸에 가시를 품고도 튼실하게 뿌리를 내리는 선인장에 마음이 갔다. 그 선인장을 마주하며 15년 전에 남편이 첫 담임 목회지에서 심방을 하던 때가 떠올랐다. 로스앤젤레스 한인타운에 거주하는 권사님 댁에 심방 일정에 맞춰 방문했다. 그 권사님과 나는 평소에 친밀한 교제를 하지 못하고 인사만 나누고 지나가는 사이였다. 권사님은, 내가 거실에 앉았을 때 내 손을 꼭 잡으며 따듯한 손난로를 주었다.

언젠가 주일예배를 드리고 나오면서 나와 악수를 했는데 내 손이 차가워서 염려되었단다. 무심한 듯 스쳤던 짧은 순간에 나의 세심한 부분까지 기억하고 있었던 거였다. 교회에서는 평소에 말씀이 없었는데 사석에서 개인적으로 마음 문을 열고 속마음까지 나누었다. 내가 평소에 알고 있던 권사님의 모습을 전혀 찾아볼 수 없었다.

권사님은 젊었을 때 남편을 잃고 외지에서 홀로 자녀들을 양육하면서 많은 눈물을 흘렸단다. 그래서인지 자신의 마음과 달리 표현 방식이 거친 것 같다며 마음을 나누었다. 평소에 말수가 적고 표정이 밝지 않아 어떤 아픔과 상처가 있을 거라 짐작하고 있었다. 권사님의 지나온 여정을 들으며 이해가 되었다. 권사님 이마에 새겨진 주름이 불빛에 반사되어 일렁였다. 삶에 스친 그간의 파도가 밀려오는 듯했다.

어느 날, 나는 몸살감기가 심해서 새벽예배에 나가지 못했다. 교회에서 북쪽으로 40여 분 거리에 살았다. 새벽예배를 나가지 못한 나를 위해 권사님께서 잣을 갈아 죽을 만들어 한 솥을 보냈다. 잣을 듬뿍 넣어 맛이 있었다. 그 죽을 먹으며 눈가에 몽글몽글 맺힌 물방울이 잣죽 위로 흘러내렸다. 잣죽에 있는 간인지 내 눈물로 된 간인지 모르고 먹었다. 권사님의 얼굴이 잣죽과 전복죽 위로 어른거렸다.

다른 권사님은 한국에 방문했을 때 내가 생각났다며 새벽예배 때 따뜻하게 입고 다니라고 옷을 사오셨다. 새벽예배 끝나고 기도하고 있는데 누군가 내 옆에 가방을 조용히 놓고 갔다. 누군지 알 수 없었지만 이름을 밝히지 않고 메모만 적혀 있었다. 하지만 나는 글씨체를 보고 알 수 있었다. 연말이 되면 손 카드를 써서 보내주시기에 그 글씨체를 기억하고 있었다. 그 권사님도 말수가 적고 차갑게 느껴지는 성격이다. 하지만 속정이 많고 마음이 따뜻한 분이라는 걸 나는 알고 있었다. 그 가정에 찾아온 복병으로 상처를 품고 사느라 힘드실 텐데 나를 생각하고 챙겨주시는 마음이 귀하고 감사했다. 겉으로 보기에는 얼음 왕비 같지만, 마음은 달랐다.

교회 강대상에 꽃꽂이 봉사를 하는 집사님이 있었다. 이름을 밝히지 않고 꽃꽂이로 섬기겠다고 해서 이름을 공개하지 않았다. 토요일 저녁에 강대상에 꽃꽂이를 해놓고 조용히 간다. 그 집사님도 아픔이 많아 다른 사람들과 교제를 잘 하지 않고 마음 표현을 잘 하지 않았다. 마음과 달리 표현과 소통이 서툴러 주변 사람들에게 오해를 받을 때가 종종 있었다.

그 집사님이 만든 꽃꽂이를 볼 때마다 느끼는 것이었지만 꽃꽂이 수준이 보통을 넘었다. 그 꽃꽂이는 매번 주제와 사연이 담긴 듯했다. 꽃 한 송이마다 꽃꽂이하는 사람의 마음과 정성을 담아 손끝에서 아름다운 작품이 만들어지는 거였다. 꽃꽂이의 특징과 주제는 '조화로움'이라고 말하는 것만 같았다. 주인공으로 표현하고자 하는 꽃이 눈에 맨 먼저 들어왔다. 주변의 꽃들이 자기 위치에서 자기 역할에 충실했다. 과하지도 모자라지도 않은 색상의 명도와 채도, 꽃의 배치는 전체적으로 조화를 잘 이루었다. 화려한 꽃이 모두 주연으로 세워진다면, 그 꽃꽂이 작품은 실패한 거다. 화려하고 아름답지만, 한발 물러서서 조연으로 세워지는 꽃들이 있었기에 작가의 의도에 맞게 조화로운 꽃꽂이가 완성되었으리라.

주연과 조연의 역할이 바뀐다면 보는 이들이 불편함을 느꼈을 테다. 꽃꽂이 작가의 의도와 손길에 따라 각자의 역할을 잘 감당할 때 꽃에서 풍기는 향기 이상으로 아름다웠다. 때론 우아하고 기품 있는 여인처럼, 때론 청순한 소녀처럼, 때론 생기발랄한 아이들처럼 표현하는 꽃꽂이를 보면 감탄이 절로 나왔다. 때로 우리 인생 무대에서 내가 주연으로 세워질 때가 있고 때로는 조연으로 주연을 빛나게 비추어야 할 위치에 있을 때가 있다. 내가 있어야 할 위치를 잘 지킬 때 공동체가 아름다운 조화를 이룬다. 하나의 꽃꽂이 작품이었지만 그 안에서 다양한 모습이 오버랩되었다. 내가 만난 사람들 대부분은 가시 달린 선인장처럼 외모와 다르게 마음이 따듯하고 온유한 사람들이 많았다. 판단하기 전에 그 사람을 가까이에서 대면하고 알게 되면 보이지 않았던 다른 면을 보게 된다.

우리는 종종 그 상황의 본질을 보지 못하고 표면만 보는 것은 아닐까. 그 사람의 행동 이면의 원인을 헤아리는 마음과 여유를 갖는다면 어떨까. 드러난 현상만으로 그 사람을 판단하는 오류를 범하지 않으리라. 주변에 선인장 가시 같은 사람이 있다면 다시 한번 유심히 들여다보고 그 사람의 말과 행동 이면에 어떤 아픔과 상처가 있는 것은 아닌지 돌아보면 어떨까. 마음이 아프다고 소리를 내는 것일 테다. 가시를 달고 사는 그 사람은 얼마나 아프고 고단할지 생각한다면 긍휼의 마음이 앞서지 않을까.(2017.05)

제2부
들에 피어도 꽃이다

들에 피어도 꽃이다

몇 년 전에 한 예능 프로그램을 시청했다. 제작진이 출연자들에게 채취할 나물의 이름을 제시하면 팀별로 나뉘어서 직접 그 나물을 채취해 요리하는 프로그램이었다. 출연자들이 그 들풀들을 찾기 위해 들판을 세심하게 살피는 모습이 시선에 들어왔다. 평소에는 의미 없이 스쳐 지나갔던 들풀, 이름도 없고 존재 의미도 없는 듯한 길가의 들풀들이 어느 순간 사람들의 관심과 사랑을 받는 모습이 카메라 앵글에 포착되었다.

채취한 나물들을 손질하고 요리가 시작되었다. 하나의 들풀이 다양한 요리로 재탄생되는 과정을 통해 그 어느 것 하나 소홀한 것이 없음을 보았다. 뿌리는 뿌리대로, 줄기는 줄기대로, 잎은 잎대로, 열매는 열매대로, 꽃은 꽃대로 각각 다양한 모습으로 변신해 식탁 위에 올려졌을 때 그 화려한 변신은 무죄였다. 들풀로 만든 음식을 보는 출연자들 입에서도 탄성이 흘러나왔다. 그 요리를 보고 누가 들풀로 만든 음식이라고 생각할 수 있을까. 무가치하게 여겨지고 아무 의미도 없었던 들풀에 불과한 존재가 사람의 시선에 들어와 소중하게 다루어지자 그 상황은 달라졌다.

어떤 들풀들은 사람의 질병을 치유하는 효능이 있다고 한다. 척박한 땅에서 생존하기 위해 특유의 화학물질을 만든단다. 항산화 기능이나 항암효과, 면역력 항진 등에 유익한 성분을 함유하고 있단다. 들판에서 자라고 있을 때는 야생초에 불과했던 존재가 신분 상승이 되었다. 초야에 묻혀 누구의 시선에도 들어오지 않았던 들풀들의 가치가 재조명되었다.

후미진 길가에 피어나는 들풀이나 들꽃도 목적이 있는데 하물며 하나님의 형상으로 창조된 사람은 어떨까. 사람도 무가치한 존재는 아무도 없다. 사람은 누구나 태어날 때부터 사명을 부여받고 태어난다. 이 땅에 목적 없이 오는 사람은 아무도 없다. 자기의 몫이 있기에 사는 날 동안 그 일을 감당하며 산다.

낮은 곳에 피어 행인들의 발에 밟혀도 신음 한번 내지 못하는 들풀들의 작은 숨소리가 들리는 듯하다. 살아있는 것들은 모두 호흡한다. 봄꽃이 폭죽처럼 하늘에 날아오른다. 겨울바람 속에서도 인고의 시간을 견디고 피워낸 꽃들이 군락을 이루고 재잘거리며 피었다. 들을 덮고 있는 야생화 중 우리가 알고 있는 이름은 소수에 불과하다. 우리가 그들의 이름을 모른다고 그들의 존재가 사라지는 것이 아니다. 자연이 실어다 준 바람과 햇빛을 공급받아 마음껏 호흡하고 있다. 혹자는, 꽃은 계절에 따라 피는 꽃이

다르고 산의 높이에 따라 그 향기가 다르다고 했다. 향기와 색깔, 모양이 같은 꽃이 하나도 없다고 한다.

내가 알고 있는 들꽃 중에 이름에 얽힌 사연이 마음 언저리에 애잔하게 남아 있는 것이 있다. '며느리밥풀꽃'이라는 들꽃이다. 그 꽃은 슬픈 전설을 간직하고 있다. 며느리가 시어머니 몰래 밥을 먹다 들켜서 시어머니한테 학대당하고 억울하게 죽은 뒤, 며느리의 무덤에서 핀 꽃으로 전해진다. 들꽃들은 제각각 다양한 사연들을 품고 있겠지만 이처럼 마음 시린 사연을 간직한 들꽃이 또 있을까.

후미진 곳에서 사람과 눈길 한 번 마주하지 못한 들풀과 들꽃도 이름이 있다. 씨앗이 뿌리를 내리고 발아하고 잎이 나고 들꽃이 되기까지 감당했을 눈물과 수고를 간과할 수 없다. 그 어느 것 하나 의미 없이 그저 피어나 자라는 것은 없다. 저마다 족보가 있고 이름이 있다. 명가의 족보에 등재되지 않았다고 슬퍼하지 않는다. 화려한 저택의 정원에서 장미로 피어나지 않았다고 불평하지 않는다. 어느 외진 들에서 홀로 피어나 바람과 햇빛 외에 찾아주는 이 없어도 자신들의 존재만으로도 행복한 들꽃들이다. 자신들의 호흡만으로도 가슴 벅찬 들풀들이다.

누구의 시선도 받지 못하고 무가치하게 취급받았던 들풀들이 마음에 들어왔다. 눈을 들어보니 내 주변에 존재하고 있는 그 어느 것도 무의미하거나 무가치한 존재가 없다는 것에 새삼 놀라게 된다. 낮은 곳에 피어 행인들의 발에 짓밟히는 들풀들도 이름이 있다. 내 주변에 호흡하고 있는 소중한 것들이 나의 무관심으로 무가치하게 잠들고 있는 것은 아닌지 주위를 돌아본다.

자신의 존재를 무가치하게 느끼는 들풀이나 들꽃은 없다. 땅에 떨어져 뿌리를 내리는 그 순간 이미 존재 자체로 가치가 있다. 이 땅에 뿌리를 내리고 살아야 할 의미와 목적을 알고 있다. 우리는 저마다 고유의 이름을 갖고 땅에 뿌리를 내리고 호흡하는 들풀이며 들꽃이다. 그 존재만으로도 마땅히 존귀한 가치를 얻을 만하다. 동요 가사처럼 산에 피어도 꽃이고 들에 피어도 꽃이고 들판에 피어도 꽃이고 모두가 꽃이다. 작은 들꽃도 바람에 흔들리며 피어난다.(2016.05)

파피꽃과 왈츠를

파피꽃이 한창이다. 황금빛 꽃이 봄바람과 왈츠를 추는 모습이 봄 산에 가득하다. 갈증에 시달리던 대지가 마음껏 물세례를 받았다. 씨앗들이 땅속에서 생명을 품은 채 자신의 존재를 선언한다. 파피꽃과 봄바람, 햇살이 협연한 오케스트라 공연은 어디에서도 관람할 수 없는 특별 공연이다. 눈이 부시도록 잔인한 그 풍경을 마주하는 순간 창조주께서 작사 작곡한 봄의 교향곡이 연주된다. 음표 하나하나에 심혈을 기울여 창작한 자연의 대서사시 파피꽃 하모니가 황금 물결을 이룬다. 봄 산에 화가의 손끝으로 수채화 물감을 뿌려 놓은 듯하다.

산은 능선마다 각양각색의 모자를 쓰고 시시각각 색채를 달리하는 매직 쇼를 한다. 봄의 색채를 그토록 다양하게 빚어내는 풍경을 예전에는 보지 못했다. 캘리포니아에서 언제 또 그런 장관을 목도할 수 있을지 예측할 수 없다. 가뭄이 지속되어 건조한 날씨로 인해 산불이 자주 발생하는 기후다. 올해는 예년에 비해 겨울비가 많이 내린 덕에 무채색으로 황량했던 산이 파피꽃으로 다채롭게 채색된 풍경을 선물로 받는 호사를 누린다.

파피꽃 명소인 앤탈로프 밸리나 다른 지역을 찾지 않았다. 집에서 30여 분 거리에 있는 잘 알려지지 않은 산을 찾았다. 지상인지 천국인지 분별할 수 없었다. 홀로 한 송이씩 피어 있는 꽃들은 외로워 보이지만, 작은 꽃들이 군락을 이루고 있는 모습이 어찌나 아름다운지 그 모습에 마음을 빼앗겼다. 그 풍경을 마주하는 순간 모든 세포가 살아서 춤을 추는 듯했다.

작은 꽃들이 모여 봄 산을 덮고 수를 놓는다. 바람이 찾아오면 꽃들은 바람의 방향에 자신들을 맡기고 자유를 만끽한다. 그 모습이 참 평화롭다. 산모퉁이에 홀로 피어 스쳐 지나가는 야생화가 거대한 산과 산맥을 이루어 능선마다 꽃의 파도로 출렁인다. 바람이 불면 파피꽃 파도가 나를 향해 진군해 오는 듯한 착각에 빠진다. 봄바람이 파피꽃을 일으키면 꽃의 거대한 파도가 나를 향해 달려오는 것만 같다. 다양한 색채의 파피꽃을 만나기 위해 더 높은 능선에 오른다. 밑에서는 전혀 볼 수 없었던 풍경이 한눈에 다 들어온다. 능선을 넘어 더 멀리까지 가고 싶은 충동을 느낀다. 다음 능선을 넘으면 얼마나 더 아름답고 비밀스러운 풍경이 펼쳐질지 호기심이 발동되어 가장 높은 정상까지 오른다. 내면 깊은 곳으로부터 탄성이 나온다.

높은 곳에 오르니 많은 사람의 시선을 받지 못하고 굽이굽이 비탈길에서 바람을 맞으며 피어 있는 들꽃들과 마주한다. 행인들의 시선을 받지 못하는 곳에 피어 있음에도 불구하고 그 꽃들은 자연을 마음껏 호흡하고 있다. 아무도 보아주는 이 없어도 한 계절 피었다 바람이 날아오면 땅에 떨어져 자연으로 돌아가는 일을 수행하고 있다. 그렇게 자신들의 소명을 다한다. 파피꽃 송이마다 새겨진 햇살과 머물다 간 바람을 가늠하며 꽃을 들여다보니 그 꽃들이 달리 보인다.

산에서 만난 행인들의 표정도 다양하다. 산에 올라갈 때는 삶의 희로애락을 짊어지고 올라간 듯한데 내려올 때는 발걸음이 가벼워 보인다. 지치고 곤했던 모습은 어느새 활기찬 표정으로 바뀐다. 파피꽃 색채처럼 다양한 삶의 모습들 속에서 무거운 짐 하나씩 짊어지고 산을 올랐지만, 내려갈 때는 가벼운 모습으로 내려오는 표정들을 시선에 담아둔다.

파피꽃 한 송이 꺾어 마음 정원에 모종하련다. 따스한 봄날이 오면 새싹이 돋고 개화하리라. 황량한 사막에도 파피꽃처럼 다양한 색채를 품고 아름다운 빛깔로 수를 놓게 되리라. 깊은 산속에 황홀한 빛깔을 품은 꽃이 숨어 있을 줄 어찌 상상할 수 있었을까. 비록 고독한 만개와 황홀한 낙화를 대면할지라도 언젠가 또 기회가 된다면 파피꽃과 마주하리라. 파피꽃과 함께 찾아온 이 봄은 소중한 선물이다.(2019.05)

거미의 집

곤충들 세계는 오묘하고 신비롭다. 땅에 존재하는 곤충들은 다양하다. 수많은 곤충의 생존전략은 알면 알수록 경이롭다. 곤충이 없으면 꽃이 수정할 수 없어 생태계가 파괴된다. 나는 곤충을 좋아하지 않지만 종종 곤충을 탐색하는 편이다. 어느 날, 산책로에서 마주한 거미가 내 시선에 포착되었다. 여러 곤충 중에 거미에 오래도록 마음이 머물렀다. 거미는 다른 곤충과 느낌이 달랐다. 거부할 수 없는 어떤 동질감에 이끌려 탐색하지 않을 수 없었다.

곤충들은 자신을 보호하고 지키기 위해 위장술을 사용한다. 그것은 생존 본능이고 전략이다. 거미가 집을 짓는 행위 또한 그렇다. 자기 영역을 구분하고 자신만의 삶을 산다. 땅에 기반을 두는 것과 하늘에 거처를 두는 것의 차이 때문일까. 거미는 땅에 뿌리를 내릴 한 평 공간이 없다. 애초에 거미가 머물 곳을 일찍 알아버린 것인지, 영민한 것인지 땅에 거처를 두지 않는다. 처음부터 땅에 속한 것들과 자신의 처소를 달리하겠다고 결심을 한 것인지 자신만의 공간을 차별화했다. 그 영역은 감히 누구도 침범할 수 없는 신성한 공간이라는 듯이 영역 구분을 해놓았다. 이 땅의 것들과 구별된 거룩한 이미지 컨설팅을 하는 것일까. 그는 자신의 공간에 누구도 범접할 수 없게 한다. 허공 속 바다를 유영하는 욕망이 그의 손에 포착되면 누구도 예외 없이 제물이 된다.

거미는 무한 자유의 공간에 집을 디자인하고 건축하는 공간 디자이너이다. 사람인들 어느 건축가가 허공에 그런 집을 설계하고 건축을 시공할 수 있을까. 감히 상상도 못 할 일을 거미가 시행한다. 그것도 건축 설계사나 시공자들을 동원하지 않고 단독으로 설계하고 건축한다. 세상에 하나뿐인 자기만의 집을 짓는다. 거미는 주인이 있는 구역에는 터를 잡지 않는다. 주인이 있는 곳에는 근접하지 않고 집을 건축할 계획을 세우지 않는다. 주인이 없는 빈집이나 사람의 흔적이 끊긴 오래된 곳에 새로운 집을 짓는다.

거미는 새길을 열어가는 선구자다. 그가 가는 길이 개척자의 길이요 궤적이 되는 것을 안 것일까. 누구의 영역 다툼도 없는 공간에 자기만의 길을 만든다. 가장 투명하고 얇은 집을 짓고 땅 위의 존재들을 관망한다. 집을 짓는 도구는 그의 몸에서 뽑아낸 점액질과 여덟 개의 손과 발뿐이다. 건축 도구도 필요하지 않고 건축물을 운반할 번거로움도 없다. 그럼에도 가장 정교하고 튼실한 방을 만들고 허공을 장식한다. 그는, 자기가 세상에서 가장 부유한 존재라고 자부하는지도 모른다. 특이한 점은, 거미의 집은 입체 건축물이 아닌 평면 건축물이다. 자기 집을 건축하고 담을 쌓아 올려 은폐된 공간을 만들지 않는다. 아무것도 가리지 않고 공개된 투명한 삶이다. 자기가 설계한 곳에 집을 짓고 개성 있는 인테리어를 한다.

거미는 먹이를 사냥할 때 어떻게 전략을 세우고 전술을 펼칠까. 허공에 덫을 놓고 먹잇감을 사냥하는 거미의 탁월한 전략과 전술이다. 상황을 인식하지 못하고 날개를 펴고 비상하며 자유를 만끽하는 존재들은 거미의 사냥감이 되고 만다. 포박된 먹잇감들은 거미의 지략에 걸려 탈출을 시도하지만, 때는 이미 늦은 거다. 거미는 자기 덫에 걸린 사냥감 날개를 꺾고 다리를 잘라 그 작은 입으로 자신의 내장에 차곡차곡 저장한다. 그 영양분으로 자기 식솔들의 내일을 준비하는 야무진 설계를 한다. 거미의 사냥감으로 포박당한 희생양들은 뒤통수를 맞은 거다. 날개를 가진 곤충들이 공중을 날다 거미집을 침범하는 우를 범하는 날에는 곤충 세계에서 엄청난 일이 발생한다. 그들 세계에서는 세계대전을 방불케 하는 것일 테다. 잠자리와 나비, 하루살이도 그중 하나다.

거미는 허공에 허술한 듯한 집을 건축하고 손님을 초대한다. 집에 방문한 손님들을 그런 방법으로 낚아 결박하는 고도의 사냥 전술을 누가 알았을까. 거미는 적을 유인하기 좋은 방법으로 가장 얇고 보이지 않을 정도의 미세한 재료로 집을 건축한다. 그것이야말로 가장 강력한 무기인 것을 아무도 감지하지 못한 일이다. 햇빛이 나오는 날이면 거미는 햇빛을 초대해 일광욕하고 대청소를 한다. 햇살에 비친 얇은 거미집은, 허공에 거미가 존재하고 있음을 증명하는 존재론적 가치를 부여하는 위력이 있다. 바람이 찾아오는 날에는 거미집을 바람의 방향에 맡기고 자유롭게 유영한다. 다른 존재들이 허공에 무엇인가 있음을 알게 된다.

거미는 작은 거인이다. 거미가 지은 성을 탐하려다 포박당하는 어떤 존재라도 인정을 베풀지 않는다. 그만의 영역을 정탐하는 것은 죄다. 거미의 영역을 넘보는 욕망이 거미의 예리한 눈에 포착되어 덫에 걸린다. 투명하고 얇은 집이 폭풍에도 쉽게 무너지지 않는 견고한 집이었음을, 다른 존재들이 그제야 알게 되는 거다. 가장 약한 것이 가장 강한 것임을 학습하는 거다. 미세하거나 거대하거나 어떤 욕망이나 욕심도 거미의 집에 걸린 포망을 빠져나가지 못한다. 누구도 거미를 피할 수 없다. 허공에서는, 그가 왕이다. 가장 작은 왕국을 건설하고 가장 거대한 왕국을 통치하는 왕이다.

늙은 거미는 아기 거미를 위해 자기 내장을 꺼내 집을 짓는단다. 마지막 가는 길에 자기 수의를 만들 것조차 남아 있지 않는다고 하니 애처롭다. 마지막 남은 자신의 내장 속에서 꺼낸 거미줄 하나로 자식 거미들 집을 지어준단다. 고독하고 쓸쓸한 길을 가는 거미는 그래도 자신만의 왕국을 건설하고 통치하는 권세를 누렸다. 비록 외롭고 쓸쓸한 마지막 길이지만 그의 삶을 살다 간다. 거미줄에 걸려 있는 늙은 거미는 그렇게 마지막 순간까지 자식들에게 다 내어주고 빈 껍질로 허공에 매달려 자기 생의 마지막을 갈무리한다.

거미는 자기의 마지막 모습을 애초부터 예견한 것일까. 자기가 설계하고 건축한 집에서 최후의 순간을 맞이한다. 스스로 책임지고 가는 그의 뒷모습이 쓸쓸하지만 아름답다. 아낌없이 마지막 내장까지 내어주고 땡볕에 말라 그 흔적조차 사라져 간다. 다른 곤충들과 마지막 뒷모습이 다르다. 다른 곤충들은 약육강식의 먹이사슬에 몸을 맡긴다. 거미는 땅의 것에 마음을 두지 않는다. 애초에 하늘에 속한 자처럼 하늘에 거처를 두고 마지막 가는 길도 하늘의 순리에 맡긴다.

디아스포라 이민자의 삶은 거미의 생태를 닮았다. 허허로운 외지에서 뿌리를 내리고 안주할 곳이 없어 애초에 누구의 영역 다툼이 없는 허공에 거처를 마련한 것이 아닌가. 누구도 자기 땅 면적이 좁아지는 것을 원하지 않을 터이다. 하여, 디아스포라들은 폭풍이 불어오고 비바람이 찾아오면 쉽게 무너져 내릴지라도 허공에 터를 잡고 처소를 마련한 것이 아닐까. 평생을 고독한 외줄타기로 생존하다 외줄에 몸을 매단 채 떠나는 거미처럼 외줄로 와서 외줄로 가는 마지막 순간은 누구도 동행할 수 없다. 홀로 짊어지고 가야 할 무게요 길이다. 집 한 채 남기지 못하고 모든 인

간이 돌아가야 할 그곳으로 돌아가듯, 거미는 그렇게 영원 속으로 스러져간다.(2021.03)

***2023년 제25회 재외동포문학상 수필부문 우수상**

레드우드의 비밀

몇 년 전에 캘리포니아 북쪽 해안가에 위치한 레드우드 국립공원에 갔다. 이웃으로 지내던 목사님 가정이 시애틀로 이사해서 그곳을 방문하는 길이었다. 태평양 해안가를 따라 국도로 갔다. 가는 길에 레드우드 국립공원이 있었다. 그곳에서 마주한 풍경은 아직도 잊히지 않는다.

바람이 솔잎 사이로 지나가면 나무들의 호흡 소리가 들리는 듯했다. 숲은 본능적으로 바람의 발소리를 듣는다. 사뿐히 걸어오는 햇살은 고요하게 숲에 내려앉아 거대한 바람 소리를 멈추게 했다. 바람이 곱게 빗질해서 빗어 내린 침엽수들은 병정들같이 서서 숲의 친위대임을 증명하는 것만 같았다. 부드러운 바람결은 나뭇잎 사이에서 왈츠를 추는 듯했다.

숲을 만끽하다 내 시선이 흘러간 풍경이 있었다. 후미진 곳에 홀로 피어 있는 작은 꽃들이 시선에 들어왔다. 바람이 실어다 주는 자연의 향기를 벗 삼아 호흡하는 작은 식물들. 화려한 꽃들이 무대를 떠난 계절의 끝자락에 홀로 피어 있는 들꽃들. 거대한 나무들의 기운에 압도되어 숨소리조차 버거울 것 같은 작은 들꽃들과 나무들에 마음이 갔다.

레드우드 공원 초입에서부터 숲의 위용에 압도당했다. 붉은빛을 띤 거목들이 줄지어 서서 우리 일행을 맞아주었다. 거대한 숲 속 궁정으로 병정들의 환호를 받으며 성에 입성하는 듯한 분위기였다. 붉은빛과 푸른빛으로 우거진 숲을 만끽할 수 있었다. 태초에 땅이 혼돈하고 공허한 상태에서 마치 그 두 가지의 빛깔만 존재하는 것 같았다. 그 웅장함에 마음을 빼앗기고 말았다. 그 숲을 마주하며 하나님의 손길을 오롯이 느낄 수 있었다. 울창한 숲속을 지날 때 거목들이 석양을 등에 업고 우리 일행을 계속 따라왔다. 거목들이 넓은 품으로 우리를 맞아 주었다. 그 숲에 들어갔을 때는 저녁 무렵이었다. 태평양 바닷가의 석양과 레드우드의 붉은빛의 조화는 경이로웠다.

세계에서 가장 큰 나무가 있는 숲은 미국 서부 캘리포니아에 있는 세쿼야 국립공원이다. 미국 서부의 몇몇 국립공원에는 세계에서 가장 큰 나무와 가장 오래된 나무, 가장 높이 자라는 나무 등 다양한 나무들이 자란다. 그중에서 레드우드는 지구상에서 가장 높이 자라는 나무다. 이 나무는 보통 60미터에서 70미터의 높이로 자라는데 100미터가 넘는 나무들도 많다. 레드우드에서 가장 오래된 수령은 2,400년이란다. 그 나무의 둘레는 어른 열 명이 두 팔을 벌려 둘러싸도 감싸 안을 수 없는 크기다.

거대한 숲에 나무들이 누워 있는 모습에 시선이 집중되었다. 나무의 크기와 높이의 웅장함에 비해 뿌리의 깊이가 깊지 않다는 사실에 새삼 놀랐다. 내 시선과 관심은 레드우드의 뿌리에 멈추었다. 그곳에 있는 많은 거목이 오랫동안 숲을 지키며 지탱할 수 있는 이유가 궁금했다. 그 숲에는 놀라운 비밀이 있었다. 레드우드의 뿌리는 불과 3미터에서 4미터밖에 내려가 있지 않는다고 한다. 그 지역은 암반이 깔린 지질 지역이기 때문에 나무뿌리가 암반을 뚫고 들어가 뿌리를 내릴 수 없는 거였다.

레드우드의 거목들이 어떻게 거센 태풍을 견디며 오랜 시간 동안 생명을 유지하고 자랄 수 있었을까. 놀랍게도 그 거목들의 뿌리가 서로 연결되어 있었다. 뿌리를 깊게 내리지 못하지만, 뿌리가 연결되어 있어 마치 숲 자체가 하나의 나무인 것처럼 보였다. 뿌리가 얕아도 거센 비바람이 몰아칠 때 큰 위력을 발휘하고 서로 넘어지지 않게 지탱해주는 거였다. 가물 때는 영양분이 부족한 나무에 영양분을 나누어 주고 서로를 도와준단다. 거목의 위력을 알 수 있었다.

숲을 지키는 것은 좋은 나무나 거목이 아니었다. 레드우드를 지키는 힘은 뿌리의 깊이가 아니었다. 비록 연약하지만 연약한 뿌리들끼리 서로 결속하는데 그 위력이 있었다. 뿌리 깊은 나무가 요동하지 않고 견고한 것은 부인할 수 없다. 비록 뿌리가 깊지 않아도 연결되어 있으면 서로를 지탱해 줄 수 있는 버팀목이 되었다. 레드우드가 거대한 숲을 이루고 오랜 세월 동안 생명을 유지할 수 있었던 비결은, 서로의 연합과 서로를 위한 배려에 있었던 거였다.

어둠이 숲속에 내려앉았다. 어느새 별들이 허공을 가르고 밤을 마중 나왔다. 우리 일행은 점점 멀어지는 숲을 뒤로하고 거목들의 인사를 받으며 그 숲을 빠져나왔다. 레드우드가 거대한 숲을 이루고 모진 폭풍에도 오랫동안 생명을 유지할 수 있었던 비결에 마음이 머물렀다. 삶의 지혜가 레드우드 곳곳에 숨 쉬고 있었다. 오랜 시간을 묵묵히 지켜온 레드우드 숲을 산책하며 삶의 변곡점 지날 때마다 스쳤던 다양한 바람의 흔적과 나무들을 대면한다. 내 삶에도 레드우드 숲이 가득하길 갈망한다.(2014.08)

바람이 불 때

집 앞에 아름드리 오디나무가 한 그루 있다. 잎이 무성해서 계절마다 풍성한 열매를 맺는다. 언제부터 자라고 있었는지 그 나무의 뿌리와 뿌리의 기원을 알 수 없다. 담장을 덮을 만한 풍성한 나뭇가지와 달보드레하게 열린 오디에 바람의 흔적과 햇볕의 숨결이 담겨 있다. 나무가 어찌나 무성하게 잘 자라는지 나뭇가지가 옆집 담 너머로 자꾸 구경을 나간다.

어느 날 보니 덩그러니 그루터기만 남았다. 정원사가 나무를 잘랐던 거였다. 나무는 침묵 속에서 날카롭고 차가운 톱날에 의해 몸통이 잘려나갔다. 오디나무의 그루터기만 남겨지고 몸통이 잘리는 순간 나뭇잎과 열매는 땅의 호흡으로부터 단절되었다. 이제 각자 독립되어 분리되는 순간을 마주해야 했다.

시간이 지난 어느 날, 오디나무 그루터기에서 파릇한 고개를 들고 올라오는 것이 보였다. 내 모든 촉각이 오디나무 새싹에 집중되었다. 오디 나뭇잎을 다시 볼 수 없으리라 희망을 접었던 나는 온몸의 세포가 살아나는 듯했다. 단단하고 거친 그루터기에서 오묘한 생명이 움트는 모습을 마주했다. 눈을 뜨기 시작한 오디나무 새싹이 어느새 거칠고 투박했던 그루터기에 생기를 더했다.

오디나무의 새싹은 하나의 생명을 틔우기 위해 얼마나 먼 거리의 뿌리까지 에너지를 동원했을까. 새싹에 새겨진 뿌리의 수고와 땅의 호흡을 알고 있을까. 새싹 하나를 보기 위해 얼마나 많은 것들이 인내하고 수고하는지 오디나무 새싹은 알고 있을 터이다. 새싹을 위해 전심전력하고 고군분투했을 그 눈물과 수고를 알 듯했다. 그루터기는 생명을 품은 어미의 자궁이다. 무한한 생명이 그곳으로부터 나온다.

오디 열매를 따려고 나무 앞으로 갔다. 다시 마주할 수 없으리라 생각했던 오디나무에서 열매를 보았을 때 마음이 남달랐다. 생명을 다한 것 같은 나무에서 다시 생명을 잉태하는 풍경은 경이로웠다. 오디의 빛깔이 얼마나 깊고 매혹적인지 그 자태에 그만 마음을 빼앗기고 말았다. 붉은 드레스를 입고 나무 위에서 발레를 하는 요정 같았다. 오디를 조심스럽게 따서 바구니에 담았다. 열매를 맺고 익기까지 얼마나 많은 시간이 필요했을지 가늠하며 정성스럽게 손에 넣었다.

오디를 따기 시작했을 때는 바람이 없어 잔잔했다. 오디가 잘 보이지 않아 발길을 돌리려고 했다. 바람이 어디서 날아왔는지 오디나무에 앉아 탱고를 추고 왈츠를 추는 것이 아닌가. 오디나무를 자세히 봐 달라고 말하는 듯했다. 주인의 손을 기다리고 있던 열매들이 손짓했다. 그 순간, 보이지 않았던 오디가 보였다. 아그데아그데 열린 오디가 나뭇잎에 가려진 채 탐스럽게 웃고 있었다. 오디를 마주하는 순간 내 손은 재빠르게 움직이기 시작했다. 내가 애쓰지 않았는데 열매에 손만 닿아도 내 손안으로 한움큼씩 들어왔다.

어느새 내 손에 있는 바구니는 검붉은 오디로 가득 찼다. 안토시아닌 성분이 풍부한 복덩이를 마주하는 일이 즐거운 일상이 되었다. 매일 수확하는 오디를 오래도록 보관할 수 있는 방법으로 잼을 만들었다. 오디 잼 맛이 일품이었다. 각종 요리에 첨가해도 손색없이 자기 몫을 넉넉히 감당했다. 나뭇잎은 처음에 나오는 첫 순을 따서 햇볕에 말린 후에 차로 만들었다. 당뇨가 있는 주변 지인들에게 약용으로 복용하도록 나눠주었다.

잔잔한 햇살이 내릴 때는 보이지 않았던 열매들이, 바람이 불 때 나무 그늘에 숨겨져 있던 모습들까지도 선명하게 보였다. 바람이 불고 방향이 바뀔 때마다 미처 보지 못했던 오디의 모습이 보였다. 몸을 낮추고 밑에서 오디나무를 올려다보았다. 나무가 검붉은 색으로 옷을 갈아입은 것 같은 착각에 빠졌다. 온통 오디 열매뿐이었다. 위에서 보았을 때 보이지 않았던 열매들이 자세를 낮추고 밑에서 바라보니 다른 나무로 보였다. 내 손은 순식간에 마법사의 손으로 변신했다. 몸을 조금만 더 낮추고 보았더라면 열매가 땅에 떨어져 무가치하게 버려지는 일이 없었을 터였다. 수확한 양의 다섯 배 이상은 열매를 발견하지 못해 버려진 것들이었다. 시선을 조금만 돌려보고 더 주의 깊게 살폈으면 어땠을까. 안주인의 무지와 무관심으로 마음고생했을 오디 열매를 생각하니 안쓰러웠다.

늘 보는 위치에서, 보는 각도에서 보이는 것만 보고 그 이상의 것은 보려는 시도조차 하지 않으려는 마음이 아니었을까. 다양한 관점에서 사물을 보고 관찰한다면 평소에 쉽게 간과하고 스치는 것들조차도 소중한 안목으로 다시 바라볼 수 있을 듯하다. 사고 후유증으로 외출이 자유롭지 못해 집에 있을 때, 오디나무 그루터기에서 생명의 경이로움을 보았다. 그루터기에서 살포시 일어나는 새싹과 마주했다. 그 풍경은 무에서 유를 창조하는 그 이상의 가치가 담겨 있었다. 다양하게 불어오는 바람이 오디나무를 흔들지라도 정원에 뿌리를 견고하게 내리고 있다.(2017.10)

매화

나는 매화를 좋아한다. 겨울바람을 견디고 꽃을 피워낸 생명력이 좋다. 겨울이 지나고 앙상한 나뭇가지에서 고개 드는 순결한 모습이 아름답다. 인고의 시간을 견디고 봄에 생명을 피워낸 꽃이기에 더 소중하다. 그 꽃을 피우기 위해 얼마나 전심전력했을지 매화의 눈물을 느낄 수 있을 듯하다.

먼 길 찾아 봄을 마중 나온 꽃들이 재잘거린다. 봄에 우리를 찾아오는 많은 꽃이 있지만, 매화는 고상한 향기와 품격을 품고 있다. 매화는 현란하지 않지만 수수한 아름다움이 있다. 요란하지 않지만 생기가 있고 활기차다. 수다스럽지 않지만 침묵의 무게를 아는 향기를 품었다. 화려하지 않지만 기품 있고 우아한 여인의 모습을 닮았다. 품위 있는 자태가 어찌나 아름다운지 그 고매한 눈빛에 매료된다. 세상의 혼탁한 바람 소리를 듣지만 귀가 맑고 청결하다. 그 모습은 지나가는 발걸음조차도 멈추어 서게 만드는 위력이 있다. 매화는 해산의 고통을 겪고 난 산모의 모습처럼 생명의 의미를 아는 얼굴이다. 겨울을 통과한 매화에 주어진 보상인 듯하다.

매화는 일 년 중 한 달 남짓 개화한다. 가난한 서얼 출신으로 영조와 정조 시대에 활약한 조선 시대 최고의 에세이스트이며 실학자였던 이덕무는 매화 마니아였다고 전해진다. 매화를 일 년 내내 보고 싶은데 볼 수 없어 밀랍으로 직접 인조 매화를 만드는 방법을 창안해 제조에 성공할 정도로 매화를 좋아했단다. 내가 아무리 매화를 좋아한다 해도 이덕무와 같을 수는 없는 듯하다.

봄바람이 매화 봉오리와 시선을 맞춰주니 성급하게 눈을 뜬다. 매화는 꽃들이 만개하는 계절에 의연하고 겸손하게 피어난다. 요란하지 않게 고요하게 피어나지만 봄을 호령한다. 매화가 개화하면 봄은 온통 팝콘 터지는 소리로 분주하다. 허공에 자신의 존재를 처음 알리는 그 경건한 순간을 매화는 알고 있으리라. 나무에 잎이 나지 않고 꽃을 먼저 피우는 매화는 남모를 고초를 홀로 삭이며 겨울 동안 얼마나 힘겹게 견뎌왔을까.

매화는 개화할 때 다른 꽃들과 달리 위를 향하지 않고 밑을 향해 핀다. 매화의 성품이 고매하고 겸손한 까닭이리라. 다른 꽃들이 모두 위를 향해 필 때, 매화는 낮은 곳에 마음과 시선을 둔다. 자기 소리내기 분주하고 자기 모습 드러내기 바쁜 세상에 자신을 드러내지 않고 묵묵히 자신의 위치에서 그 몫을 감당한다. 어떠한 상황과 모진 폭풍에도 꽃을 피운다. 꽃으로만 남아 있으면 열매를 맺을 수 없다. 매화의 몫을 다하고 때를 알고 낙화하는 뒷모습은 때를 잘 아는 것이 얼마나 지혜로운지를 보여준다. 봄바람이 꽃잎과 입 맞추면 꽃잎들이 낱개로 산산이 흩어진다. 꽃은 지고 없어도 열매 속에서 매화를 기억할 수 있으리라.

매화는 해가 질 무렵에 가장 향기롭다. 봄에 피는 다른 꽃들보다 매화를 더 좋아하는 이유 중 하나다. 우리 삶도 매화 향기처럼 해가 질 무렵에 가장 아름다운 향기를 발할 수 있으면 좋으리라. 그 사람이 살아온 여정은 삶을 마무리할 황혼에 그 진가를 알 수 있다. 석양은 저녁 하늘에 자신의 흔적을 남긴다. 요란하지 않으면서 품위 있고 신중하게 자신의 때를 잘 인식하고 갈무리한다.

우리는 언젠가 순례자의 여정을 마치고 육신의 장막을 벗을 날을 맞이하리라. 남은 여정 동안 매화처럼 향기로 가득 채울 수 있으면 좋으리라. 초록 햇살 눈부신 사월에 매화 꽃잎이 흩날린다.(2019.04)

천년의 침묵, 조슈아트리

천 년의 깊은 고독과 침묵 속에 여물고 있는 조슈아트리와 마주했다. 몇 년 전 초겨울에 미국 캘리포니아에 위치한 조슈아트리 국립공원에 갔다. 집에서 두 시간 거리에 있다. 나무들은 겨울나기를 위해 나름대로 생존 전략을 세우고 있는 듯했다. 국립공원 초입에는 시선을 끌 만한 어떤 풍경도 보이지 않았다. 안으로 들어가니 드넓게 펼쳐진 사막의 파수꾼 조슈아트리의 풍경이 펼쳐졌다. 그 광경을 보는 순간 탄성이 저절로 나왔다. 공원에 들어갈수록 신비감에 빠져드는 묘한 마력을 지닌 그 나무는 천의 얼굴을 하고 있었다. 구름 한 점 없이 맑은 초겨울 하늘에 자연의 시간을 오롯이 담고 있는 조슈아트리와 바위의 조화는 한 폭의 풍경화였다. 바위산 사이에 의연하게 우뚝 서 있는 나무는 어디에서도 연출할 수 없는 그림이었다. 창조주의 작품인데 무슨 말이 더 필요할까.

조슈아트리는 천 년을 사는 나무다. 사막에서 어떻게 그토록 오랜 세월 동안 살아갈 수 있을까. 그 나무는 사막에서 생존하기 위해 수분을 저장한다. 수분 증발을 막기 위해 최대한 나뭇잎을 작게 한다. 오랫동안 수명을 이어갈 수 있는 중요한 전략이다. 한 그루의 나무조차도 삶을 위해 전심전력하는 모습을 마주한다. 잎은 작게 피어 수분을 저장하고, 뿌리는 땅속 깊은 곳까지 내리고 요동하지 않는 모습에 마음에 머문다. 그 나무는 잎이 뾰족해서 햇빛을 많이 받지 않는다. 수분을 많이 먹지 않아도 뿌리에 저장된 수분 때문에 오랫동안 생존할 수 있다.

조슈아트리는 비가 없고 건조한 겨울철에 꽃이 핀다. 추위가 가지 끝을 만져주어야 크림 색깔의 꽃망울이 이월에서 사월에 만개한다. 유카 나방이 꽃술에 앉아 그 안에 알을 낳는다. 꽃 속에서 생명을 품은 씨앗이 자라고 알은 부화한다. 나무는 수분을 먹기 위해 나방에 의존하고 자신의 어린 생명에게 몇몇 씨앗을 먹이로 이용해 생명을 유지한단다. 수많은 새와 포유동물, 파충류와 벌레들이 놀 수 있는 놀이터와 쉼터는 물론이고 먹이로 이용된다니 알수록 신비롭다.

군락을 이룬 나무들이 광활한 광야에서 손짓하는 모습이 시선을 멈추게 했다. 풀 한 포기 살 수 없는 척박한 사막에서도 건재하게 뿌리를 내리고 사막을 지키고 있었다. 광야에서 천 년을 산다는 조슈아트리와 그곳 풍경을 품고 발길을 돌렸다. 광야 같은 황량한 곳에서도 뿌리를 내리는 그 나무의 풍경이 잔영으로 남았다. 나무도 장관이지만 국립공원을 둘러싸고 있는 바위산은 어디에도 없는 풍경이었다. 그 환상적이고도 절묘한 조화는 인력으로는 연출이 불가능하리라. 넓게 펼쳐진 광야에 수많은 조슈아트리가 각자의 위치에서 자기 몫을 하며 자리를 지켰다. 조슈아트리와 바위들의 깊은 고독과 쓸쓸함을 마주했다. 침묵이 흐르는 고독한 얼굴에서 천 년의 내밀한 소리가 들리는 것만 같았다.

광야는 물과 그늘이 없고 쉴 곳이 없는 곳이다. 그런 척박한 환경에서 천 년을 사는 나무의 생존력이 놀라웠다. 보이지 않는 땅속 신비한 세계에서는 어떠한 일들이 일어나고 있는 걸까. 가시적인 현상 이면의 세계에서는 어떠한 원리와 법칙이 작용하고 있을지 가늠해 본다. 고개를 숙인 석양 그림자가 능선을 넘어갈 때 그곳을 나왔다. 석양은 하늘 정원에 다홍빛으로 채색되며 우리 일행과 서서히 멀어져 갔다. 다홍빛 노을과 조슈아트리, 바위의 환상적인 조화는 다시 재현할 수 없는 최고의 걸작품이었다.

차창 밖으로 시선을 돌렸다. 저녁 하늘 풍경이 르네 마그리트의 작품 '저무는 해'와 오버랩되었다. 국립공원을 나오는데 별들이 우리 일행과 동행했다. 조슈아트리 국립공원에는 밤에 가로등이 없다. 그곳의 밤하늘 풍경은 그곳에서 별을 바라본 사람만이 느낄 수 있는 감동이 있단다. 나와 일행은 다른 일정이 있어 사막에서 펼쳐지는 별들의 축제를 보지 못했다. 별들이 우리와 헤어지는 것이 아쉬운지 우리를 계속 따라왔다. 미미한 빛으로 칠흑 같은 어둠을 밝히는 별빛이 우리 일행을 배웅해 주었다. 가로등이 없는 사막에 별들이 쏟아져 내리는 풍경을 남겨두고 왔다.

하늘 정원에서 수런거리는 별들의 속삭임이 들리는 듯했다. 어둠 속에 스며든 불빛이 허공을 가르고 별들의 노래를 모아오는 것만 같았다. 우주의 한 영역에서 무수한 별들의 밀어가 조슈아트리 사막에 내려앉았다. 어둠이 별빛인 듯, 별빛이 어둠인 듯, 어둠 속에 별빛이, 별빛 속에 어둠이 하나로 스며들었다. 광야 같은 내 정원에 어떠한 상황에도 견고하게 뿌리를 내릴 조슈아트리 한 그루 심는다.(2014.12)

레몬나무

정원에 레몬나무가 한 그루 있다. 해마다 열매가 어찌나 풍성하게 열리는지 지인들에게 나누어주고 여러모로 생활에 활용하고 있다. 겨울철에는 레몬을 썰어 설탕에 재어 놓고 레몬차로 마신다. 초기 감기 바이러스는 자멸하고 만다. 언제부터인지 레몬나무에 열매가 열리지 않고 시름시름 앓기 시작했다. 풍성하고 탐스러운 모습으로 웃어주던 모습을 볼 수 없으니 내심 서운했다. 한동안 그 이유를 알 수 없었다.

어느 날, 레몬나무 옆에서 의기양양하게 쑥쑥 자라는 정체불명의 나무 한 그루에 시선이 머물렀다. 성장 속도가 그토록 빠른 나무는 죽순 이후로 보기 드문 듯했다. 일 년이 채 되지 않았는데 레몬나무보다 빨리 성장했다. 레몬나무가 흡수할 영양분을 그 나무가 흡수해서, 레몬나무는 점점 말라가고 열매를 맺지 못하는 듯했다. 레몬보다 그 나무가 빠른 속도로 자라는 이유를 추측하며 원인 탐색에 돌입했다.

남편과 나는 그 나무를 자르고 어떤 변화가 일어나는지 확인하기로 했다. 남편이 톱으로 그 나무의 몸통을 잘랐다. 나무가 너무 커서 몇 차례에 걸쳐 나누어서 잘랐다. 얼마 후, 그동안 열매를 맺지 못하고 시름시름 앓던 레몬나무에 변화가 일어났다. 메말랐던 잎들에 주름이 펴지고 꽃이 피기 시작했다. 남편과 나의 추측이 사실로 판명되는 순간이었다. 정체불명의 나무, 그것의 비밀이 알고 싶었다. 뒷마당에 있는 창고 옆에서 한 그루의 나무가 고개를 들고 일어나는 모습이 시선에 들어왔다. 자세히 보니 또 그 나무였다. 대체 어디에서 날아와 터를 잡고 뿌리를 내리고 그토록 무한 속도로 성장하는지 알 방법이 없었다. 나중에 알게 된 사실이지만 그 나무는 아카시아나무였다.

레몬나무는 남에게 싫은 소리 하지 못하는 착하고 순한 사람 같았다. 무심했던 집 주인 탓에 오랜 시간 동안 그 고초를 홀로 감당했으리라. 자기 권리를 찾지 못하고 늘 남에게 양보하고 손해 보는 사람 같아 마음이 아렸다. 아카시아나무는 레몬나무 곁에서 일 년 이상 영양분을 빼앗아 자기 이익만 챙기며 자라왔다. 자기 주장 강하고 자기 이익에만 셈이 밝은 이기적인 사람을 보는 것 같아 씁쓸했다. 그동안 레몬나무는 시름시름 말라가면서도 말을 하지 못하고 속을 태우고 힘들었을 테다. 그 모습을 생각하니 측은한 마음이 들었다.

레몬나무와 그 곁에 있던 아카시아나무를 마주하며 만감이 교차했다. 비록 나무 두 그루의 모습이지만 인생의 축소판을 보는 듯했다. 어느 날 갑자기 레몬나무의 영역에 초대하지 않은 불청객이 찾아와, 그곳에 뿌리를 내리고 터를 잡아 주인 행세를 했다. 레몬나무 입장에서는 황당한 상황이었으리라. 서로 생장 조건이 맞지 않아 한쪽 나무의 성장이 멈추고 죽어가는 상황이었다. 사람도 마찬가지 아닐까. 각자 독자적으로 있을 때는 더 큰 능력을 발휘할 수 있고 성장할 수 있는 사람이 공동체와 팀원들과 서로 맞지 않아 그 힘을 발휘하지 못하는 상황이 있으리라. 옳고 그름의 문제가 아니라 서로 다름의 문제일 테다.

레몬나무를 파악하고 상황이 종료되었다. 죽어가던 레몬나무는 살릴 수 있었지만 아카시아나무를 잘라내는 아픔을 겪었다. 아카시아나무가 뒷마당 창고 옆에서 또 자라고 있었다. 우리 삶의 모든 영역에서 나를 단련시키고 훈련하는 요소들이 나를 떠나지 않고 곁에서 동행하는 경우가 있다. 그것이 좋은 의미의 동행이 아니라, 나를 고난 가운데 놓이게 하는 어떤 요소일지라도 그것을 감수하고 가야 하는 경우가 있는 듯하다. 그렇지 않은 경우라면 과감히 잘라내는 결단과 단호함이 요구될 때가 있다.

내 존재가 타인과 공동체에 어떤 영향을 끼치는지 잠시 돌아볼 일이다. 나로 인해 주변 사람들과 공동체가 건강하게 세워지고 성장하고 있는지, 파괴되고 힘을 잃어 가는지 점검할 필요가 있으리라. 나를 평가하고 자가 진단할 수 있는 근거가 될 테다. 레

몬이 풍성한 잎과 함께 탐스럽게 익어가고 있다.(2014.05)

양로병원 풍경

가을 초입의 골목길은 생성과 소멸이 공존한다. 여름내 인고의 시간 속에 수고와 헌신을 아끼지 않은 만물이 결실을 앞두고 있다. 목표를 향해 전심전력하고 결과를 기다리는 수험생들 같다. 삶의 여름 중턱에 앉아 있는 듯했으나 어느새 가을 산이 먼저 마중 나왔다. 인생 여행길에서 굽이굽이 골목길을 지나 종착역에 머문 사람들을 만났다. 교회에서 양로병원 봉사 활동을 갔다. 양로병원은 삶을 마무리하기 전에 이 땅에서 마지막 여정을 보내는 곳이라 생각하니 만감이 교차했다.

병원 주변을 병풍처럼 아늑하게 감싸고 있는 아름드리들은 서서히 옷을 벗기 시작했다. 병원은 도심지를 가로지르는 길목에 자리 잡고 있었다. 최신 의료 장비들이 구비 되어 있었고 청결하게 관리가 잘 되었다. 그곳에서는 생명의 향기가 느껴지지 않았다. 모진 바람 맞으며 서 있는 앙상한 겨울나무들이 앉아 있었다. 향기 잃은 꽃들이 군락을 이루고 있는 병원 로비 창문으로 다홍빛 노을이 스며들었다. 세월의 바람이 스며 있는 빛바랜 꽃들이 가을을 지나 인생의 겨울을 맞았다. 눅눅한 햇살이 그들의 깊게 새겨진 주름위에 앉았다. 병동 간호사들의 도움으로 휠체어에 몸을 맡긴 채 고개를 떨구고 앉아 있는 할머니의 얼굴에 희로애락이 스며들었다. 시설에 맡겨진 채 병원 직원들의 손길에 의해 돌봄을 받는 그들의 깊은 주름 속에 그동안 넘어온 파도의 높이가 새겨 있는 듯했다.

병원 현관에 들어서는데 어느 병실 문으로 새어 나온 풍경 속에서 새로운 향기를 맡았다. 생과 사의 갈림길에서 처절한 투쟁을 하는 자들이었다. 그곳에 있는 사람들은 의료기기에 몸을 맡기고 자신의 의지로는 아무것도 할 수 없는 불가항력적 상태의 사람들이었다. 가족의 향기나 가족과의 추억이 배제된 그들만의 공간에서 얼굴을 마주하는 낯선 산책자와 같은 방문자에게도 마음을 여는 듯했다. 허기진 표정 속에는 가족들을 향한 그리움 한 줌 숨겨 놓고 있는 듯 보였다. 병원에 입원해 있는 환자들은 쇠잔해진 육신의 병고와 싸우며 힘겨운 시간을 보내는 거였다. 그리움과 외로움이라는 적과 싸워야 하는 것이 더 힘든 듯했다. 환자들 대부분이 그것은 병명도 없고 진단이나 처방이 없는 병이라고 생각하는 것 같았다.

그곳 간호사에 의하면 사십 대 중반에 접어든 여인이 뇌혈관 질환으로 입원한 지 3개월이 지났단다. 오랫동안 아무도 찾아오는 이가 없어 누군가를 애타게 기다린다고 했다. 양로병원에 누워 있는 그들은 누군가의 남편, 아내, 아이들의 아버지, 어머니, 형제이며 자매였다. 그곳에서 미풍에도 쉽게 떨어져 흙으로 돌아갈 낙엽이 인간 본연의 모습과 오버랩되는 풍경을 마주했다.

굽어진 허리를 차가운 철제의자에 기댄 채 앉아 있는 백인 할아버지의 초점 없는 시선은 머물 곳을 찾고 있었다. 어느 할머니는 이른 봄날, 새색시처럼 수줍었던 목련이 어느새 퇴색되어 가는 뒷모습 같았다. 허기진 눈빛에는 애잔함과 외로움이 스며 있었다. 그곳에 있는 사람들은 이 땅 어디에도 정착하지 못하고 마음 둘 곳 없는 이방인들이었다. 우리 일행을 보는 순간 그들 얼굴에 봄꽃이 만개했다. 나와 일행들의 손을 잡으며 얼굴을 한동안 쳐다보더니 눈에 물방울이 고였다. 아무 말 하지 않아도 그 눈물의 의미를 알 것 같았다.

오늘 만난 사람들을 한 달 후, 아니 일주일 후에 또 만나리라는 보장을 할 수 없다. 작은 바람에도 쉽게 떨어져 흙으로 돌아갈 낙엽이 인간 본연의 모습이 아닐까. 쇠잔해진 육신의 장막을 벗고 이 땅과 이별할 시간이 예측 불허한 그곳의 사람들에게 하루하루의 호흡은 얼마나 소중한 선물일까. 종착역에 이르기까지 지금 살아 호흡하고 있음이 그들에게 주어진 최고의 기적이며 선물이 아닐까.

양로병원을 방문하고 만감이 교차했다. 죽음은 누구도 예외 없이 맞이할 일이 아닌가. 잘 죽기 위해 잘 살아야 하리라. 혹자는, 죽음은 삶의 이력서라고 말하지 않았던가. 지난날의 시간에 대해 머리 조아려 조문한다. 나에게 주어진 숱한 나날을 얼마나 많이 소멸시키며 살아왔는가. 플라타너스에 매달린 낙엽 한 잎이 미풍에 흔들리고 있다. 아슬아슬해 보이는 생명의 끈질긴 투쟁이 가엾다. 창밖에 보이는 아름드리가 바람과 입맞춤하고 있다. 찬란한 생명의 유희도 언젠가 낙엽만 남아 있을 때가 오리니 누구도 예외가 없으리라.

내가 오늘 양로병원에 발길을 옮긴 이유는 무엇일까. 언젠가 맞이할 나의 자화상과 대면하고 싶었던 것이 아니었을까. 양로병원에서 만난 사람들의 모습이 한동안 기억에 머물 듯하다.(2017.09)

봄꽃이 빨리 낙화하는 이유

정원을 산책하다 나무 한 그루와 시선이 마주쳤다. 잎은 아직 나지 않았는데 꽃이 먼저 인사하러 나왔다. 잎이 없는 상태에서 꽃을 피우기 위해 전심전력했을 나무를 보니 측은하고 안쓰러웠다. 식물은 꽃과 열매를 맺을 때 가장 많은 영양분이 필요하다.

봄에 피는 꽃들이 다른 계절에 피는 꽃들보다 유난히 빨리 낙화하는 이유가 궁금했다. 봄이 되면 겨우내 굶주린 벌들의 식욕이 왕성해서 수정하는 시기가 빨라진단다. 수정이 끝나면 낙화하기 때문에 봄꽃이 개화하는 기간이 짧다. 봄에 피는 꽃들은 주로 흰색으로 우리를 찾아온다. 식물학에서는 열매를 기준으로 그 나무의 이름을 명명한다. 봄꽃 중에 매실나무, 살구나무, 벚꽃 나무, 백목련꽃, 냉이꽃, 방울꽃, 흰 패랭이꽃, 그 외 다양한 꽃들이 흰색을 띠고 있다.

꽃의 구조는 꽃잎과 꽃받침, 암술(씨방)과 수술(꽃가루)로 되어 있다. 꽃의 역할은 열매를 맺어 씨를 만드는 일이다. 꽃은 수정하기 위해 동물이나 곤충의 도움을 받는다. 향기나 모양으로 유인해 수정한다. 암술은 씨를 만드는 일을 하고 번식을 담당한다. 수술은 암술에 유전 정보를 전달하는 역할을 한다. 꽃밥에서 만들어진 꽃가루가 다양한 방법으로 암술머리에 옮기는 것을 꽃가루받이(수분)라고 한다. 한 송이의 꽃과 열매를 마주하기까지 자연이 협력해서 협주곡이 이뤄진다.

정원에서 마주한 꽃은 시간이 지나 수명을 다하고 낙화했다. 그 자리에서 어떤 열매가 달덩이처럼 차올랐다. 남편과 나는 그 나무를 매실나무라고 단언했다. 어느 날, 그곳에서 무엇인가 고개를 들고 미소를 띠고 있지 않은가. 내가 마주한 것은 매화가 아니라 살구꽃이었다. 살구꽃이 진 자리에 살구 열매가 복스럽게 열렸던 거였다. 매화와 살구꽃이 어찌 그리 닮았는지 그만 속고 말았다. 얼굴을 드러내고 열매가 열리기 전까지 매화라 생각하고 매실을 수확할 생각에 내심 뿌듯했다. 꽃으로만 있을 때는 정체를 알 수 없었지만, 열매를 맺으면서 정체가 확연하게 드러났다.

봄꽃 중에서 매화와 살구꽃을 구별하기 어렵다. 두 나무의 구별법이 몇 가지 있다. 나뭇잎의 모양은 거의 비슷해서 잘 구별할 수 없다. 가장 쉬운 방법은 과육을 잘라서 분리하는 것이다. 살구는 과육과 핵이 쉽게 분리되지만, 매실은 쉽게 분리되지 않는다. 씨의 모양을 보면 살구씨는 납작하고 매실씨는 통통하다. 매실나무와 살구나무를 식별하지 못하고 행복한 착각을 했지만 허탈하지만은 않았다.

꽃잎이 아주 작은 냉이꽃은 꽃을 피우기 전에 잎과 뿌리를 사람들의 먹거리로 온전히 내어 준다. 냉이꽃은 사람들의 시선을 끌만 한 모습이 아니지만, 자세히 들여다보면 아주 예쁘다. 그 작은 꽃잎 속에 품고 있는 우주를 바라보는 순간 냉이꽃에게 마음을 빼앗긴다. 꽃이 피면 이미 먹거리의 기능을 상실하고 사람들의 시선에서 멀어진다. 그럼에도 봄이 되면 냉이꽃을 보고 싶다.

봄의 전령 백목련은 잎이 없는 상태에서 먼저 꽃이 피는 대표적인 봄꽃이다. 나무에서 피는 연꽃인 백목련은 낙화할 때 통째로 장렬하게 전사한다. 뒤를 돌아보고 아쉬움을 안고 서성이지 않는다. 잎이 없이 딱딱한 나뭇가지에서 꽃을 피워내기 위해 전심전력했다고 공치사하지 않는다. 자신의 몫을 다하고 사라질 때는 은밀하게 사라진다. 자신의 계절을 만끽할 여유도 없이 우리 곁에서 모습을 감추니 잔인하기 그지없다. 식물은 잎에서 광합성 작용을 해서 영양분을 공급해 주어야 꽃이 피고 열매 맺는 일을 순조롭게 한다. 그렇지 않은 식물들은 잎이 없기에 본능적으로 빨리 수정을 해야겠다고 반응한단다. 식물 세계의 생존 전략이다.

수국은 수정이 끝나면 잎을 뒤집어서 벌들에게 알린다. 벌과 나비들에게 신호를 보내면 꽃의 색깔을 보고 오지 않는단다. 수국은 아주 작아서 그것이 꽃인지 알 수 없을 정도인데 그 잎으로 자신의 존재를 화려하게 알려서 수정한다. 금은화는 흰색으로 피었다가 수정이 끝나면 노란색으로 변하는 꽃이다. 한방 용어로는 맥문동으로 사용된다.

어느 날, 산책길에서 마주한 벌들의 행동을 유심히 관찰했다. 군락을 이룬 많은 꽃 속에서 암술과 수술을 오가며 부지런히 일하는 모습을 보았다. 벌들의 세심한 움직임과 정교한 행동이 얼마나 민첩한지 그 모습을 보며 감탄이 절로 나왔다. 긴 겨울을 인내한 벌들에게 주어진 보상이 아닐까.

산책로에서 마주한 나무들이 봄이 되었는데도 아무 반응을 보이지 않아 내심 걱정했다. 어느 날 가서 보니 죽은 듯한 고목 우듬지마다 작은 봉오리를 품고 움이 트기 시작했다. 그곳에서 팝콘 터지듯 톡톡 눈을 뜨며 자신의 존재를 알리는 신고식을 했다. 꽃들이 눈을 뜨는 잔치에 나를 초대했다. 겨울을 통과하고 봄을 맞는 그 생명력에 경의를 표했다. 생명을 품고 때를 따라 자신의 존재를 선언하는 축제의 자리에 햇살이 흐드러지게 내려앉아 축포를 터트렸다.

봄꽃이 각자 자신의 영역에서 소명을 다하고 있다. 이 순간에도 깊은 산속 어느 후미진 모퉁이에서 작은 들꽃으로 피어 자연 생태계를 위한 자기의 몫을 묵묵히 감당하고 있을 들풀과 들꽃에

박수를 보낸다. 긴 겨울을 통과한 후에 봄꽃을 찾아오는 벌들의 비행을 가늠해 본다. 얼마나 먼 여정을 지나 꽃을 찾아 날아왔을지. 꽃이 수정하는 과정부터 열매를 맺기까지의 모든 것이 놀랍다. 한 송이의 꽃을 마주하는 순간이 감사하다. 봄꽃의 수명이 짧은 이유와 자연법칙의 신비로운 비밀을 간직하며 이 계절을 마주한다.

우리 삶도 봄날은 쉽게 지나간다. 봄에 핀 꽃은 일찍 진다. 화창하고 따스했던 봄날은 속히 지나고 여름은 지루하고 길지 않은가. 언젠가 마주할 가을날의 열매를 고대하며 긴 여름을 인내하는 것이리라. 이른 봄에 만개하지 못한 꽃봉오리가 뒤늦게 눈을 뜨고 있다. 이 사랑스럽고 앙증맞은 꽃들이 내 발걸음을 붙잡는다. 봄바람이 입을 맞추면 꽃나무 우듬지마다 입을 모아 수런거린다. 꽃들이 입을 열었다. 다시 봄이다.(2015.05)

제3부

새도 발이 있다

늦게 피는 꽃

이른 봄에 베란다 정원에 야채를 골고루 심었다. 씨를 뿌린 것도 있고 모종을 구입해서 심은 것도 있었다. 씨를 뿌린 것들은 어느새 무거운 겨울 외투를 벗고 일어났다. 파릇한 새싹이 기지개를 켜고 꽃이 피어 열매를 맺었다. 토마토 나무가 볼그레한 얼굴로 고개를 숙이고 있었다. 아그데아그데 열린 열매의 무게에 균형을 잃은 듯했다. 달보드레하게 열린 까마중이 그 옆에서 미소를 지었다. 어디서 날아와 터를 잡았는지 어느새 종족을 이뤄 꽃을 피웠다.

정원 안에 있는 많은 식물 중에 유난히 내 시선이 흘러간 나무가 있었다. 이른 봄에 모종을 사다 심고 몇 달 동안 부지런히 물을 주고 정성을 들인 파프리카 나무였다. 그 나무는 시간이 지나도 어떠한 변화가 일어나지 않았다. 성장을 멈춘 듯이 키가 자라지 않고 꽃도 피지 않아 아픈 손가락같이 마음이 쓰였다.

파프리카 나무를 볼 때마다 왜 자라지 않고 아무런 변화가 일어나지 않는지 궁금했다. 어느 날, 그 나무를 더 키울 의미가 없을 듯해 화분을 정리하려고 했다. 그 순간 파프리카 나무들이 조금만 더 기다려주면 안 되겠냐고 말하는 듯했다. 손에 들고 있던 화분을 바닥에 내려놓고 허리를 폈다. 화분 안에 있던 나무들은 그제야 안심을 하는 것 같았다. 그런 중에 남편과 3주 동안 해외 선교 일정으로 출국했다.

선교를 마치고 집에 돌아왔다. 캘리포니아 한여름 땡볕을 견딜 수 없었는지 식물들 대부분이 건초 상태였다. 상추와 깻잎, 쑥갓, 고수는 모두 말라서 모습을 찾아보기 어려웠다. 오이와 고추, 토마토는 수분을 공급받지 못해 열매를 맺지 못했다. 남편과 내가 출국 전보다 키도 더 자라고 끝까지 생존한 나무가 있었다. 내가 화분째 버리려고 했던 파프리카 나무였다. 세 그루 모두 튼실하게 자라 예쁘고 먹음직한 열매를 맺었다.

마치 나를 향해 말을 건네는 것만 같았다. "주인이 우리를 버리려고 했는데 이렇게 잘 자라서 정원을 지키고 있잖아." 사랑스럽고 탐스러운 파프리카를 손에 넣는 느낌이 달랐다. 서로 대면하지 못할 수 있었는데 조금 더 기다려 준 덕에 열매를 맛볼 수 있었다. 땡볕을 견디지 못하고 정원에서 사라진 식물들 대신 정원을 끝까지 지켜준 고마운 친구들이다.

파프리카 나무가 자라지 않는다고 성급하게 결론을 내리고 버리려고 했다. 식물도 기다려주니 때가 되어 꽃이 피고 열매를 맺는데 하물며 하나님의 형상으로 창조된 사람은 어떨까. 비록 더딜지라도 제때에 맞게 꽃을 피우고 열매를 맺고 제 삶의 영역에서 그 몫을 감당하며 살아가면 그 은혜로 족한 것이 아닐까. 열매의 유무와 무관하게 존재 자체로 소중하다.

얼마 전에 열매를 수확하고 화분을 손질했다. 우연히 화분과 나무가 분리되었다. 그 순간 그곳에서 예상하지 못한 장면을 목도했다. 다른 식물들과 다르게 화분 안에 있는 수많은 잔뿌리가 화분 속을 가득 채운 풍경이었다. 뿌리와 흙이 긴밀하게 연결되어 있어 서로 떨어지지 않을 정도였다. 파프리카 나무가 오랫동안 열매를 맺을 수 있었던 원인은 그동안 뿌리를 내리는 시간이 다른 나무에 비해 길었던 데 있었다. 다른 나무들이 꽃을 피우고 열매를 맺는 동안, 그 나무는 계속 잔뿌리를 내렸다. 그러면서 어떠한 폭풍과 가뭄에도 견디고 생존할 수 있는 면역력과 회복 탄력성을 키운 듯했다.

다른 식물들이 무대를 떠나 이미 퇴장한 후에도, 파프리카 나무는 홀로 정원을 지키며 꽃을 피우고 열매를 맺었다. 뿌리를 견고하게 내리는 시간이 있었기에 그 시간조차도 헛되지 않았을 터이다. 그 내공으로 침묵하며 홀로 남아 열매를 맺을 수 있었으리라. 주위의 어떠한 소리나 반응에도 요동하지 않고 반년 이상 잔뿌리를 내리는 일을 했다. 정원에서 자라고 있는 식물들을 보며 잠잠히 인내하며 침묵하는 법을 배웠다. 늦게 피는 꽃이 건네주는 소소한 일상을 경험했다. 내 시선이 오래도록 그 나무에 머물렀다. 그 나무를 키우며 하나님 아버지의 마음이 느껴지는 듯했다.

정원에 있는 식물들을 마주하며 잠시 생각에 잠긴다. 삶의 골목길 지나오는 동안 모든 것이 침묵하는 듯한 시간을 지날 때도, 빛 한 줌 없는 칠흑 같은 터널을 통과할 때도, 봄이 사라진 듯한 긴 겨울을 지나온 때도 있었다. 파프리카 나무 몇 그루에서 삶의 지혜를 길어 올린다.

정원을 지키는 것은 거목이나 화려한 꽃이 아니다. 일찍 핀다고 자만할 일도, 늦게 핀다고 낙심할 일도 아니다. 비록 늦게 만개해도 자기 삶의 십자가를 묵묵히 감당하며 자리를 지키는 꽃이 정원을 지킨다. 거대한 뿌리가 아니라 잔뿌리들이 유기적으로 연결되어 그 나무를 더욱 견고하게 지탱하고 있는 모습이 오래도록 마음에 머물 듯하다.(2021.08) *** 텍사스 크리스천뉴스(TCN) 2023년 8월 칼럼**

빈방 있어요

거리에 포인세티아 나무가 잘 훈련된 병정들같이 줄지어 서 있는 풍경에 시선이 흘러갔다. 이 계절이 되면 오래전에 관람한 크리스마스 성극 한 편이 떠오른다. '빈방 있습니까?'

출산을 앞둔 마리아가 요셉과 여관을 찾아다니다 끝내 찾지 못하고 있다. 요셉이 여관 주인에게 빈방 있느냐고 묻는다. 여관 주인 덕구의 대사는 원래 "빈방 없습니다."인데 "빈방 있어요." 하고 실수를 한다. 아니, 그 대사는 실수로 보이지 않았다. 덕구의 진심이 그 대사 속에 담겨 있었다. 요셉과 마리아는, 덕구가 실수한 대사에 맞게 대응을 해야 하는데 다음 대사를 어떻게 할지 난감해했다. 그 모습이 오래도록 마음에 남았다.

덕구는 아기 예수님을 맞이하지 못하는 안타까운 마음을 표출하며 요셉과 마리아에게 이 대사를 더듬거리며 어눌하게 말한다. "마구간이 더러운데 어떡하지. 빈방 있어요. 따뜻한 덕구 방 있어요. 덕구 방으로 오세요." 요셉과 마리아는 다른 곳을 찾겠다며 그 집을 떠난다. 덕구는 모두 퇴장하고 아무도 없는 빈 무대에 홀로 남아 관객들을 향해 독백한다. “덕구 안에 빈방 있어요. 내 안으로 오세요. 예수님, 덕구 안으로 오세요. 예수님, 사랑해요!” 덕구의 독백 속에 담긴 깊은 울림을 끝으로 막이 내려지고 배우들이 무대 위로 올라온다.

“빈방 있습니까?” 지금 이 순간도 나에게 물으시는 예수님의 음성으로 다가온다. 주님께서 머무실 빈방 있냐고 물으실 때, 빈방 있다고 자신 있게 대답할 수 있을까. 성탄의 주인이 예수님 아닌 세상의 다양한 문화로 대체된 지 이미 오래되었다. 예수님께서 계셔야 할 공간에 다른 것들이 대신하고 있다. 예수님 왕좌를 사람들이 도적질하는 것은 아닐까. 교회 안에 진행되고 있는 프로그램이나 훈련 등이 예수님께서 머무실 자리를 대체하고 있는 것은 아닐까. 주인이신 예수님은 교회 밖에 외롭게 세워 놓고 사람들끼리 세상 문화와 분위기에 편승해 사단의 달콤한 유혹에 젖어가고 있는 것은 아닌지 겸비하고 돌아볼 일이다.

교회 안에 광명한 천사로 들어온 세속 가치관과 문화는 잘 분별하지 않으면 부지불식간에 젖어들 수 있다. 특히, 어린 자녀들과 청소년들, 청년 세대가 각종 미디어의 자극적인 정보와 표현에 쉽게 노출되어 있다. 『디트리히 본회퍼』와 『어메이징 그레이스』 등 베스트셀러의 저자이자 문화비평가 에릭 메탁사스는 “경고! 청소년문학에 자주 등장하는 동성애”라는 제목의 글을 크리스천

포스트에 게재했다. 그는 "문화전쟁에서 승리하는 방법은 청소년들의 마음과 생각을 사로잡는 것"이라며 청소년문학에 나타나는 최근의 트렌드를 지적했다. 자녀들이 주로 읽는 책이나 접하고 있는 음악의 장르 등을 알고 있어야 한다. 문화를 통해 교묘하게 침투해 영혼을 혼미하게 하는 일이 심각한 수준이다. 이 세대를 향한 사단의 전략과 전술은 교묘하다. 허리케인급 가치관과 정체성의 혼란을 겪는 자녀 세대를 어떻게 보호하고 지킬 수 있을까. 자녀 세대를 위한 강력한 기도가 절실한 때다.

나는 사람을 볼 때, 그 사람의 말보다 그 사람의 선택을 본다. 그 사람의 가치관이나 신앙관을 평가할 수 있는 근거를 어떤 일의 결정 앞에서 어떤 가치에 기준을 두는가, 무엇을 선택하는지에서 찾는다. 그 사람이 선택의 상황에서 어떤 결정을 하고 선택하는지의 문제는 그 사람의 신앙관과 가치관을 말해주는 척도이기 때문이다. 어떤 내용으로 내면을 채우느냐가 그 사람이다. 하늘의 것으로 채우면 하늘에 속한 자이고, 땅의 것으로 채우면 땅에 속한 자다. 높은 자리, 다수가 추앙하는 자리를 사양하고 낮은 자리, 좁은 문을 가고자 하는 자들은 극히 소수에 불과하다.

주님께서 머무실 빈방이 없어 지금도 여전히 문을 두드리고 계신 것은 아닐까. 내 방이 무엇으로 채워져 있느냐가 나의 현재 영적 주소다. 무엇을 갈망하느냐가 나의 영적 상태를 가늠할 수 있는 척도다. 주님께서 이천 년 전 베들레헴 작은 고을 에브라다에 빈방을 찾아 헤매던 그 순간처럼 지금도 문밖에서 빈방을 찾고 계신다.

깊은 바다에서 향방 없이 노를 저어 망망대해를 항해하고 있는가. 내가 철저히 죽고 오직 주님께서 좌정하실 왕좌를 내어드리면 어떨까. 주님 머무실 빈방 내어드리고 주권을 이양하면 모든 상황과 환경으로부터 참 자유를 누릴 수 있으리라. 덕구가 실수한 대사이지만 그의 진심에서 나온 "빈방 있어요", 이 대사가 잔잔한 울림으로 남아 있다.

새해에는 개인과 가정, 교회 공동체에 주님 머무실 빈방 마련하고 영원히 머무실 처소를 내어드리자. 어떠한 상황과 문제보다 탁월하신 주님의 완전하신 십자가 사랑 안에서 한 해를 마무리하고 새해를 감사함으로 맞으며 힘있게 노를 저어 가자. 하나님께서 각자에게 주신 삶의 영역에서 푯대를 향해 믿음의 선한 경주를 하길 소망한다. ***텍사스 크리스천뉴스(TCN) 2023년 12월 칼럼**

코이의 법칙

앞마당 정원에 있는 화분에 내 시선이 머물렀다. 언젠가 집들이 때 선물로 받은 것이었다. 식물이 빨리 자라는 속도에 비해 화분이 작아 보였다. 그 식물을 옮기려는데 어찌나 뿌리를 깊게 내렸는지 화분 자체가 요동하지 않았다. 화분 안에 있는 나무가 화분의 구멍 사이로 뿌리를 내려 땅속에 견고하게 터를 잡은 것이다. 무심했던 안주인 탓에 좁은 화분 안에서 마음껏 호흡하지 못했으니 답답했으리라. 성장 속도에 맞는 화분에 옮기든지 정원에 심어 주었어야 했는데 적절한 시기를 놓치고 말았다. 넓은 곳에 옮겼으면 마음껏 호흡하고 더 넓고 깊게 뿌리를 내리고 성장했으리라. 주인의 손길을 기다리다 주인에게 저항이라도 하듯, 침묵 속에서 소심한 반란을 도모했던 거였다. 화분 안에 있는 식물을 마주하는 순간 어떤 물고기가 떠올랐다.

관상어 중에 코이라는 물고기가 있다. 이 물고기는 작은 어항에 넣어두면 어항 크기만큼밖에 자라지 못하지만, 커다란 수족관이나 연못에 넣어두면 그에 맞는 크기까지 자라게 되고 강물에 방류하면 사람 크기만큼 자란다고 한다. 같은 물고기인데 자라는 환경에 따라 작은 물고기가 되기도 하고, 대어가 되기도 한다. 성장 억제 호르몬이 서식 환경에 맞게 분비돼 자신의 몸 크기가 결정되는 거라 알려져 있다. 환경과 공간에 따라 크기가 달라지는 코이처럼, 사실 사람의 능력도 이와 같다는 생각이다. 사람도 환경에 따라 자신이 발휘할 수 있는 능력과 꿈의 크기가 달라지는 것이다.

그 식물 옆에 있는 알로에도 내 손길과 관심이 필요한 듯했다. 가까이에서 알로에를 자세히 들여다보았다. 어느새 종족 번식을 이뤄 앞마당이 알로에 정원이 될 상황이었다. 정원에 있는 알로에를 화분에 옮겨 실내에 놓으려고 했다. 비슷한 크기의 알로에를 각각 크기가 다른 화분에 심었다. 시간이 지난 후 알로에의 크기와 성장 속도가 달랐다. 물의 양과 햇빛, 자라는 환경이 같은데 자라는 속도와 크기가 다른 이유를 알았다. 바로 화분의 크기였다. 화분을 넓은 곳에 옮긴 이후로 얼마나 무성하게 자라 번식을 했는지 종족을 이뤄 정원 면적의 절반을 차지했다.

넓은 곳에 옮겨 심은 알로에는 화분의 크기만큼 잘 자랐다. 작은 화분에 심은 것은 그 화분의 크기 이상으로 더 성장하지 못했다. 화분에 옮겨 심을 때의 크기와 비슷하게 자랐다. 크기 이상으로 더 이상 성장할 수 없는 환경이었다. 잘 돌보지 못하고 무심하게 지나쳐온 안주인이 야속하게 느껴졌으리라. 알로에는 뿌리를 더 깊이 내리고 마음껏 성장하고 싶었을 테지만, 내가 세심하게 돌보지 못했다.

식물이나 생물도 그러한데 사람은 어떨까. 사람은 각자 자신의 용량을 가지고 있다. 용량을 감당할 수 없는데 무리하게 과욕을 부리면 용량이 초과되어 부작용을 초래한다. 반면에, 믿음의 용량이 큰 사람이 작은 일에 얽매이면 그 그릇만큼 클 수 있는 가능성이 희박해질 테다. 사람이든 식물이든 생명이 있어 호흡하는 것은 그릇만큼 성장하고 그릇의 용량만큼 채워질 수 있다. 그 식물 뿌리는 화분 밑에 구멍이 난 작은 틈새를 뚫고, 좁은 공간에 대한 저항이라도 하듯 화분 밖으로 나왔다. 나름대로 생존 법칙을 터득했던 거였다. 무한한 가능성이 있는 사람을 작은 틀 안에 넣고 제도와 규율로 억누르고 억압한다면 어떤 상황이 될까.

자신의 용량이 초과되어 부작용이 있는지, 자신의 용량에 비해 너무 작은 그릇에 담겨 있는지 분별해야 하리라. 화분 안에 있는 식물의 모양은 화려하지 않은 나무였지만, 오랜 시간 동안 한결같이 정원 안에서 다른 식물들과 조화를 이루어온 것이다. 그 나무는 예쁘지 않았지만 오랫동안 튼실하게 잘 자랐다.

나무뿌리가 화분을 뚫고 밖으로 나온 것은 생명이 있기 때문이다. 화분 안에 있는 식물을 마주하며 생명이 있어 호흡하는 것들은 환경이 얼마나 중요한지를 돌아보는 계기가 되었다. 나의 무관심으로 하나님의 일하심을 제한하고 있는 것은 없는지, 은혜의 통로를 차단하고 있는 것은 아닌지, 세심하게 돌보지 못하고 간과한 것은 없는지 잠시 주변을 돌아본다. 사람은 품고 있는 믿음의 크기만큼 성장한다.

하나님께서 각자에게 주신 믿음의 분량대로 맡겨주신 사명을 감당하는 새해가 되길 소망한다. 나를 둘러싸고 있는 상황과 환경이 변하지 않을지라도, 모든 상황과 환경을 능히 압도하시는 하나님의 주권 안에서 참 자유를 누리며 승리하는 한 해가 되길 갈망한다. 나의 나 된 것은 오직 하나님의 은혜임을 고백하고 하나님께서 각자에게 주신 믿음의 그릇대로 자족하는 은혜를 누리는 것이 어떨까.(2016.07) *** 텍사스 크리스천신문(TCN) 2024년 1월 칼럼**

아빠는, 내가 힘들 때 앉아서 쉴 수 있는 의자

우리는 누군가에게 받은 선물에 대한 소중한 기억을 하나쯤 품고 살아가고 있다. 선물은 내용이 무엇이든 선물을 받는 것만으로도 마음을 설레게 한다. 대가 없이 받는 것이 선물이다. 이익이 오가며 어떤 거래를 한다면 이미 선물의 본질과 가치를 상실하고 의미가 없다. 특히, 생일은 이 땅에 의미를 갖고 태어난 사람에 대한 최상의 기쁨이며 경이로움 그 자체다.

큰아이가 십대 초반에 남편의 생일선물로 그린 그림이 있다. 흰 종이에 덩그러니 놓여 있는 나무 의자 그림 위에 '아빠는, 내가 힘들 때 앉아서 쉴 수 있는 의자!'라는 글귀가 쓰여 있었다. 연필로 드로잉한 의자에 앉을 수 없지만, 나와 남편은 그 의자에 종종 앉아 있다. 그 그림은 생일선물로 받은 그림 이상의 가치가 담겨 있다. 가부장적인 세대에 자라온 남편과 미국에서 자란 아들 세대의 가치관이나 세계관의 간격은 그리 문제가 되지 않았다. 그것은 세대의 문제나 가치관의 문제가 아니었다. 한 사람에 대한, 아니 아버지에 대한 아들의 최상의 표현이었다. 그 그림은 오랜 시간이 지난 지금도 남편의 책상 위에 놓여 있다.

흰 종이 위에 덩그러니 놓여 있는 그 의자는 마치 누군가를 기다리고 있는 것만 같다. 그곳에 앉을 주인을 찾고 있는 듯하다. 아들은 반듯하고 균형 있는 나무 의자에 아빠에 대한 마음을 담아 정성껏 그렸으리라. 많은 표현 중에 왜 아빠를 의자로 표현했을까. 어린 아들에게는 아빠라는 존재가 안식과 회복이라는 의미가 있었으리라. 변함없는 자리에서 늘 기다리고 품어주고 안아줄 수 있는 넉넉한 자리. 언제든지 가서 쉴 수 있고 안길 수 있는 자리. 아빠를 그런 존재로 생각하는 아들이 기특하고 대견스러웠다. 내가 지금까지 만난 의자 중에 가장 멋진 의자다.

아빠를 위해 자신이 직접 그린 그림 위에 아빠를 존경하는 마음을 표현한 아들에게 고마웠다. 남편과 나는 생일이 되면 다른 값비싼 선물보다 기대하는 선물이 있다. 두 아들이 정성스럽게 써서 건네주는 손 카드다. 한글을 배우기 시작할 때부터 쪽지와 카드를 자주 썼다. 남편 생일과 내 생일 때마다 두 아들이 마음과 정성을 담아 손으로 쓴 카드를 준비해서 주었다. 어릴 때처럼 연필을 꾹꾹 눌러가며 쓴 글씨는 아니지만, 제법 어른스러운 모습으로 카드를 쓰고 선물을 준비하는 모습을 보며 어느새 어른이 되어가는 듯했다. 뒷마당 정원에 있는 꽃을 꺾어 세상에 하나밖에 없는 꽃다발을 만들고 자작곡을 준비해 피아노와 기타를 연주하며 미니 콘서트를 열었다.

생일뿐 아니라 어머니날(Mother's Day)과 아버지날(Father's Day)이 되면 요리를 하고 자작곡으로 라이브 공연을 했다. 작은아이가 취미로 요리해서 SNS에 올린 사진을 보고 뉴욕의 유명 셰프한테 연락 온 적이 있다. 큰아이가 작곡한 곡을 SNS에 올린 것을 보았다며 한국 공영방송사 오디션 프로그램 피디와 작가한테 연락이 왔다. 방송 프로그램에서 찾는 인물과 적합하다는 거였다. 오디션 프로그램에 출연하라는 섭외 연락을 여러 차례 받았다. 큰아이는 그 제안을 받아들이지 않았고 오디션 프로그램에 출연하지 않았다. 그 이후로 몇 차례 연락이 왔지만 결국 출연 섭외를 정중하게 사양했다. 아이들은 공적으로 검증된 귀한 달란트로 아낌없이 남편과 나를 섬겼다.

아이들의 모습을 보며 잠시 내 유년 시절을 돌아본다. 나는 부모님께 어떤 딸로 기억되었을까. 멀고 긴 광야 걷는 동안 곤할 때 앉아서 쉴 수 있는 의자가 될 수 있으면 좋으리라. 창문 밖으로 시선을 돌렸다. 뒷마당 정원에 있는 의자에 시선이 멈추었다. 그 의자는 정원을 화사하게 채색하고 있는 부겐빌레아 옆에서 편안하게 쉬고 있었다. 누구든지, 언제든지 그곳에 앉아 쉴 수 있도록 준비하고 있는 듯했다. 다홍빛 부겐빌레아 잎이 낭자하게 떨어져 바닥을 덮었다.

큰아이가 아빠를 그렇게 표현할 수 있는 요인이 무엇일까. 아빠에 대한 아들의 신뢰가 아닐까. 아빠를 가장 존경한다는 두 아들이다. 부모와 자녀 관계에서 자녀들이 아빠를 가장 존경한다는 말보다 더 귀한 말이 또 있을까. 신뢰는 그 어떤 감정이나 이성보다 앞서는 영역이다. 가족이나 사회 공동체에서 모든 세대와 모든 관계를 초월하는 가장 기본적이고 중요한 덕목이 아닐까.

먼 훗날, 내 삶이 마무리될 때 나는 어떤 의미로 기억될까. 광야를 걷는 여정 동안 나그네 땀을 식혀주는 나무 그늘 같은 존재, 거목의 그늘 밑에 있는 의자 같은 존재가 되고 싶다. 거목이 드리우는 시원한 그늘이 되어 쉼을 제공할 수 있다면 얼마나 행복한 일인가. 누군가 쉼이 필요할 때 의자가 되어 준다면 어떨까. 세월이 지나고 언젠가 아들의 머리에도 흰 눈이 내려앉을 때가 되면, 아들도 누군가 앉아서 안식할 수 있는 의자가 되어 있으리라.(2014.07)

지상의 신발들

신발장에 가지런히 놓여 있는 신발들을 본다. 신발은, 내가 엄마의 탯줄에서 분리되어 하나의 독립된 인격체로 성장하는 과정에 세상이라는 땅을 마주한 아주 특별한 의미를 담고 있다. 다른 어떤 의미 부여를 하지 않아도 그런 존재다. 엄마 젖을 떼고 걸음마를 걸으며 처음으로 땅과 접촉한 것도 신발이다. 신발은, 내 발이 세상의 무대에 서는 황홀한 첫 순간을 선물해 주었다. 요람에서 무덤까지 나와 동행하는 소중한 벗이다. 주인의 성격과 걸음, 취향을 담고 있다.

내가 걸어온 여정들 속에 신발과 함께하지 않은 순간이 없었다. 신발은, 주인이 협곡을 지나는 동안 주인과 동행한 산 증인이다. 때로는 백 마디 말보다 침묵이 더 깊은 말을 하고 있을 때가 있다. 신발이 그렇다. 발에 잘 맞는 신발처럼 편안한 것은 없다. 발에 맞지 않는 신발을 신고 걸을 때처럼 불편할 때가 없다. 옷은 조금 작거나 커도 입을 수 있지만, 신발은 발에 맞지 않으면 잠시도 신을 수 없다. 발에 잘 맞는 신발을 신어야 편안하고 안정된 마음이 든다. 내 발에 잘 맞는 편안한 신발을 만나는 것이 쉬운 일이 아니다.

우리 몸에서 가장 낮은 곳에 있는 발을 보호하는 것이 신발이다. 디자인은 물론이고 멋과 편리함을 동시에 고려해서 신중하게 선택하게 된다. 오래된 신발이 더 편하고 친구같이 느껴지는 이유다. 주변에 오래되고 편안한 신발 같은 벗이 있다면 그 사람은 행복하다. 척박한 광야 길을 지날 동안 편안하고 오래된 신발 같은 벗과 동행하는 여정은 복된 일이다. 신발은 자신의 몸이 다 닳아도 신음 한 번 내지 못하고 주인의 발을 위해 평생을 헌신한다. 소중한 사람들이 늘 곁에 있어도 소중함을 모르듯 신발에 고마운 마음을 표현하지 못한다.

유년 시절 신발에 얽힌 기억이 마음 언저리에 남아 있다. 신발을 보면 유년의 편린이 빗장 문을 열고 온다. 초등학교 4학년 때 크리스마스를 앞둔 며칠 전으로 기억된다. 능선에 업힌 석양이 잠이 들고, 밤을 마중 나온 별들이 하늘 정원을 산책하고 있었다. 마을 골목에서 뛰어놀던 아이들의 모습도 서서히 희미해졌다. 오렌지빛 노을이 지평선 품 안에 잠이 들고 땅거미가 지기 시작했다. 그날 밤, 평화로웠던 마을에 함박눈이 내리기 시작했다.

다음 날 아침, 차창 밖으로 보이는 마을은 동화 속 그림 같았다. 동네를 온통 하얀 솜사탕으로 만들어 놓은 듯했다. 동네를 병풍처럼 아늑하게 감싸 안고 있던 아름드리 미류나무들은 하얀 이불을 덮고 있었다. 강아지들은 자기 세상 만난 듯 뛰어놀고, 아침 일찍부터 아이들이 눈싸움하는지 시끄러운 소리가 들렸다. 외출하려고 하는데 신발장에 있던 내 털장화와 신발들이 보이지 않았다. 내가 즐겨 신던 털장화를 찾지 못해 운동화를 신고 외출했다. 운동화를 신고 눈길을 나섰지만, 한겨울 매서운 바람은 나를 그냥 놓아주지 않았다. 발과 온몸이 점점 차갑게 변했고 시간이 지날수록 감각이 없어졌다.

그날 밤, 온몸에 심한 열이 났고 몸살감기를 앓기 시작했다. 발은 동상에 걸렸고 그 후로 오랫동안 고생했다. 시간이 지나 겨울의 끝자락에서 봄이 서서히 문을 열었다. 내 동상 치료를 위해 어머니의 기도와 민간요법이 계속되었고 오랜 시간이 지난 후에 완치되었다. 그림자같이 따라다녔던 동상이 어느 날 흔적도 없이 사라지고 다 나았다. 나에게는 기적 같은 일이었다.

유난히 눈이 많이 왔던 그날, 아버지는 내 신발을 따뜻하게 준비해 놓고 외출을 하신 거였다. 나는 그런 사실을 알지 못한 채 다른 신발을 신고 외출했고 동상에 걸려 오랫동안 고생했다. 서로 표현하지 않아 겪게 되는 소통의 문제로 우리 의지와 무관한 일들을 경험할 때가 있다. 나를 향한 아버지의 사랑은 한겨울 마을을 덮었던 눈을 다 녹이고도 남을 사랑이었다. 자식을 향한 마음을 표현하는 방법이 익숙하지 않아 소통의 부재가 있을 뿐이었다. 부모님의 사랑은 멈춤이 아니라 항상 작동 중이다. 모성과 부성은 표현하는 방법에 차이가 있을 뿐, 본질은 같은 것이 아닐까. 시간이 많이 지난 지금도 유년 시절에 겪은 일이 마음에 남아 있다. 그해 겨울은 몹시 추웠지만, 아버지의 온기로 따뜻했던 겨울이었다.

크리스마스 계절이 되면 신발장에 놓여 있는 신발들을 보며 아버지의 우체통에 편지를 띄운다. 수취인이 없어 반송되어 올 우편물이지만, 난 오늘도 여전히 우표를 붙인다. 이제 이 지상에서는 아버지와 함께 더 이상 크리스마스를 보낼 수 없게 되었다. 내 신발들을 들여다볼 때마다 아버지의 온기를 느낀다. 한겨울 추위와 바람결에 얼룩진 신발을 언제나 따뜻하게 데워줄 것만 같다. 아버지는 본향 집에 가셨지만, 내 마음속 신발장에는 아버지 신발과 내 신발이 가지런히 놓여 있다. 신발 속에 아버지의 향취가 묻어 있다.

신발은 주인이 가시밭길을 걸을 때도, 돌밭 길을 걸을 때도 주인의 발을 안전하게 보호해 준다. 자기 몸이 다 닳는 수고와 희생을 감수한다. 지나온 긴 여정 동안 불평 없이 나를 지켜준 고마운 벗이다. 변곡점 지나오는 동안 묵묵히 내 곁에서 나와 동행한 산증인이다. 오늘도 신발장에 놓여 있는 신발들을 들여다본다. 그 신발들을 한 켤레씩 꺼내 신고 삶의 골목길마다 산책한다. 신발이 참 편안하다.(2014.05)

엄마와 명태

생선 중에서 신분 위장의 대가는 단연 명태다. 그 이유에 대해서 반기를 들 사람이 없으리라. 명태 이름이 많아 무엇으로 불러야 할지 난감했던 기억이 있다. 명태는 머리부터 꼬리까지도 모자라 껍질과 내장까지 아낌없이 내어주는 생선이다. 겨울철에 무를 썰어 넣고 끓인 생태탕은 추운 계절을 따뜻하게 보낼 수 있는 단골 음식 중 하나다. 명태를 재료로 한 음식 중에는 최상급 메뉴다.

겨울 해풍에 몸을 말리고 식탁 위에 올려지는 명태의 변신은 무죄다. 자기 한몸 입수하여 전신이 담기면 동태의 등에 짊어진 파도의 숨결 소리가 들리는 듯하다. 세상 모든 아비 어미의 등에 짊어진 파도를 명태가 업고 오는 것만 같다. 명태의 등에서 파도의 숨결 소리와 바다의 호흡이 들린다.

명태의 이름은 건조한 방법에 따라 달라진다. 명태는 온도와 관계없이 말린 것이다. 생태는 잡은 생물 그대로의 상태를 말하고,

동태는 얼린 것을 말한다. 황태는 3개월 동안 얼었다 녹았다 반복하면서 건조한 것이다. 코다리는 반만 건조한 것이고, 북어는 말린 것을 말한다. 노가리는 명태 새끼를 말린 것이다. 명태 알로 만든 것이 명란젓이고, 명태 내장으로 만든 것이 창란젓이다. 명태 아가미로는 아가미젓을 만든다. 명태는 머리부터 내장, 껍질까지 아낌없이 내어준다. 명태의 껍질에 파도의 숨결과 호흡이 스며 있다. 부드럽고 맛있는 육질을 위해 껍질 홀로 거친 파도와 맞서 저항한 그 노고를 어찌 간과할 수 있을까.

엄마는 결혼 후에 그 이름을 불러주는 이가 드물었단다. 현모양처였던 엄마는 어느 댁 딸, 누구의 엄마, 누구의 아내, 누구네 며느리로 불린 세월이 더 길다. 아주 어릴 때는 엄마 본래 이름이 궁금했다. 엄마의 이름은 본명이 아닌 상황에 따라 호칭이 달라졌다. 여자의 일생이라 어쩔 수 없다고 치부해 버리고 살아온 시간 속에 엄마의 삶이 녹아 있다. 엄마는 명태를 마주할 때마다 자화상을 보지 않았을까.

엄마는 겨울이 되면 동태탕을 자주 끓였다. 인삼보다 더 좋다는 겨울 무를 듬뿍 썰어 넣고 국물이 팔팔 끓어오르면 잘 손질된 동태를 넣은 후 된장과 고추장, 고춧가루를 풀어 넣었다. 빨간색 국물이 팔팔 끓어오를 때, 싱싱하고 파란 대파와 풋고추를 넉넉히 썰어 넣으면 성난 사람 속을 달래주는 듯했다. 팔팔 끓는 국물은 어느새 얌전한 새색시 얼굴로 변했다. 그 위에 다진 마늘을 듬뿍 넣고 마무리를 하면 동태탕이 완성되었다. 잘 손질된 동태는 부글부글 끓어오르는 국물의 소용돌이를 따라 세계 일주를 하고 나면 가족들 국그릇에 담겼다. 아버지 국그릇에 제일 크고 좋은 것이 담기고, 엄마의 국그릇에는 동태의 머리와 꼬리가 담겼다. 우리 남매들은 엄마 국그릇에 한 토막씩 옮겨놓으면, 엄마는 동태를 싫어한다며 다시 우리 남매들 국그릇에 옮겼다. 엄마는 아마도 우리 남매들을 키우며 상한 마음을 달랠 길이 없을 때는 동태탕을 끓이며 속을 달랬을 터였다.

엄마의 동태탕을 빨리 맛보고 싶은 마음에 엄마 옆에서 떠나지 않고 계속 지켜보고 있었다. 엄마는 하얗게 피어오르는 동태탕 수증기에 가려진 내 얼굴을 바라보며 박꽃 같은 미소를 지었다. 엄마는 가족들 분량을 먼저 배분하고 항상 머리와 꼬리를 고집했다. 외할머니를 통해 나중에 알게 된 사실이지만 엄마는 동태탕을 정말 좋아했단다. 엄마가 생존해 있다면 추운 이 계절에 시원하고 얼큰한 동태탕을 끓여 마주 앉아 함께 나누고 싶다. 엄마 국그릇에 가장 좋은 가운데 토막만을 담아드리고 싶다. 동태탕을 좋아하지 않는다며 머리와 꼬리를 고집하던 엄마의 모습이 어른거린다. 추운 겨울이 되면 엄마의 동백꽃 같은 미소와 함께 동태탕이 자주 생각난다.

명태의 상황에 따라 이름이 달라지듯 엄마는 자신만의 고유의 이름으로 살기보다 아버지의 아내로, 우리 남매들의 어머니로 더 익숙하게 살았다. 나도 결혼 후에 내 이름보다 남편의 아내로 불렸고, 남편의 직위에 따라 내 호칭이 달라졌다. 내 이름과 정체성보다는 남편에 의해 많은 것이 달라지는 상황이었다. 나로 인해 남편에게 누가 되지 않도록 더 마음 기울이는 때가 많았다.

우리는 저마다 자기의 이름을 소유하고 살아가고 있다. 이름은 그 사람의 존재 자체를 증명하는 존재론적 의미다. 그 사람의 대표성과 정체성을 의미한다. 자신의 이름에 담긴 의미와 가치를 상기하며 살아간다. 상황에 따라 달라지는 호칭이 무엇이든 자신으로 살아가면 되리라. 각자 자신의 이름에 담긴 의미와 무게에 걸맞게 살아가고 있는지 돌아볼 일이다. 오늘도 내 밥상 위에 어머니의 흔적이 담긴 명태가 올라온다. 오래된 기억이 그리움으로 피어난다.(2021.01)

선택

사람은 살면서 수많은 선택의 기회에 맞닥뜨린다. 그때마다 어떤 것을 선택하느냐에 따라 삶의 내용이 달라진다. 비전, 배우자, 전공, 학교, 직업, 결혼, 만나는 사람들, 매일 먹는 음식 등 일생에 영향을 미치는 중요한 선택의 순간들이 있다.

평소에 아무리 무슨 말을 하고 어떤 삶을 살았다 해도 그 사람이 무엇을 선택하고 결정하는지를 보면 그 사람을 알 수 있다. 결정적인 순간에 그 사람이 어떤 결정과 선택을 하느냐를 보면 평소에 어떤 가치관과 신념으로 살아왔는지를 가늠할 수 있다. 말과 선택이 일치하는 사람도 있겠지만 전혀 다른 사람들도 있다. 선택은 그 사람의 삶의 이력서와 같다. 주변에서 여러 사람의 선택을 보며 실망감에 씁쓸했던 적이 많이 있다. 하지만 평소에 생각했던 것보다 더 존경하는 마음이 드는 사람들도 종종 있다.

가까운 지인의 선택을 보며 잔잔한 감동이 일었다. 지인은 교회에서 평신도이고 전문직에 종사하는 부부였다. 어느 날, 남편과 나를 만나자는 연락이 왔다. 뭔가 중요한 결정을 한 것 같은 생각이 들었다. 40대 초반의 젊은 부부는 연봉도 많았고 미국에 자기 소유의 저택도 있었다. 그 모든 것을 접어두고 어느 날 홀연히 선교지로 가겠다는 거였다. 젊은 부부가 많은 생각과 기도 끝에 내린 결론이었다. 남편과 나는 그 부부를 잘 알기에 충분히 이해가 갔다. 역시 특별한 선택을 하는 사람들이구나 생각하니 존경심마저 들었다.

그 남자 집사님은 요즘 젊은 사람답지 않게 남다른 가치관과 바른 삶을 살아가고 있어서 언제 봐도 칭찬이 절로 나오는 사람이다. 부인은 미소만으로도 마음이 전해지는 따뜻한 사람이다. 주변 사람들을 잘 돌아보고 섬기는 삶이 몸에 밴 부인이다. 타인종이어서 한국인 시부모님과 소통이 잘 되지 않아 불편할 텐데, 시부모님을 잘 섬겼다. 일주일에 한 번씩 꼭 시부모님을 방문하고 집안일도 잘 도왔다. 일주일 동안 직장에서 일하고 피곤할 텐데 한주도 빠짐없이 시댁에 가서 지내려는 부인 집사님의 마음이 참 귀하게 여겨졌다.

그 부부와 아이들이 살던 저택을 집이 없는 사람들에게 무료로 내어주었다. 그 부부가 언제 돌아올지 알 수 없지만, 그때까지 그 집에 거주하라고 배려하고 갔다. 부모와 자식 사이에도 금전 문제가 철저한 현대인들에게 가족이 아닌 타인에게 아무 대가 없이 무료로 집을 내어주고 간 그 부부의 행보에 박수를 보낸다. 쉽지 않은 결단과 선택을 보며 마음에 잔잔한 파문이 일었다. 평소에 도 어려운 사람들에게 손을 자주 펴고 섬기는 것을 즐겨했다. 정작 본인들은 검소한 생활을 하면서 주변에 어려운 사람들을 잘 섬기는 삶을 살았다. 그릇의 크기와 용량 자체가 다른 사람들이다.

얼마 전에 그 부부로부터 연락이 왔다. 사는 곳의 기후가 습하고 무더워 가족들 건강이 좋지 않지만, 그래도 적응하며 노력하고 있다는 거였다. 낯선 환경에서 낯선 사람들과 한집에서 생활하는 불편함을 감수하고 건강이 좋지 않음에도, 순종하고 결단하여 그런 삶을 사는 부부를 위해 늘 기도로 응원한다. 교회를 가려면 두 시간 동안 버스로 여러 차례 환승해야 한다는 거였다. 자동차를 구하지 않았다고 한다. 편리한 삶을 추구하고 더 나은 연봉과 자녀 교육을 위해 살아간다 해도 과언이 아닐 정도로 교육열이 높은 이곳 한인 커뮤니티다. 그 부부는 이미 하나님께서 허락하신 은혜와 모든 것을 내려놓고 좁은 길을 걷고 있다. 내려놓음과 동시에 가장 값진 것을 소유한 셈이다.

40대 초반의 젊은 부부는 미국 명문 H대학에서 박사학위를 취득했다. 전문직으로 안정되고 편안한 삶을 살다 협착한 길을 택해 홀연히 떠났다. 사람의 기준으로 협착하지만, 마음은 가장 행복한 순간을 보내고 있을 것이다. 얼마 전에 연락이 왔다. 미국에 있을 때 오랫동안 앓았던 질병이 회복되어 모든 약을 끊었다고 했다. 사람은 자기가 있어야 할 자리에 있을 때 가장 빛나고 편안하다. 내 몸에 잘 맞는 옷을 입었을 때의 편안함이 있으리라. 소명이 있는 자는 그 소명을 따라 순종할 때 행복하다. 하나님께서 그 부부와 자녀들의 앞길을 어떻게 인도하실지 기도로 응원한다. 가치 있게 사는 삶이 무엇인지 그 부부를 통해 다시 점검한다.

(2023.08)

옹이

지인이 자작나무 숲을 여행한 후에 동영상을 보내줬다. 동행하지 못한 아쉬움을 달래라는 표현이었다. 나무가 각각 자기 위치에서 숲을 지키는 자작나무 숲은 경이로웠다. 다른 나무들과 차별된 색깔과 모양에 시선이 멈추었다. 그 나무는 몸에 독특한 흔적을 품고 있었다. 그 흔적이 나무의 무늬를 만들어 특별한 상징처럼 느껴졌다. 사람 눈을 닮은 듯한 동공을 둘러싼 모습은 깊고 쓸쓸했다. 어떤 사연을 품고 있기에 그토록 강렬한 흔적을 새겼을까. 왜 그런 흔적을 품고 있는지 궁금했다. 가지가 떨어져 나간 자리는 나무의 무늬를 따라 소용돌이치듯 굳어지면서 상흔을 남긴단다. 내면 깊은 곳까지 들여다보고 있는 듯한 자작나무의 그 선명한 눈빛이 쉽게 지워지지 않고 오래 남을 듯하다. 자작나무 곳곳에 남겨진 독특한 문양은 숲을 아름답게 했다.

내가 개인적으로 좋아하는 한수진 바이올리니스트가 어느 매체를 통해 신앙 간증을 했다. 그녀는 한 세대 걸러 유전되는 청각장애로, 태어나면서부터 한쪽 귀가 들리지 않는단다. 바이올리니스트가 한쪽 귀에 장애가 있으니 어떤 상황일지 짐작할 수 있으리라. 어머니는 바이올리니스트, 아버지는 해양생물학자로 한국에서 태어나 두 살 때 영국으로 건너가 살았다.

유년시절의 삶은 이후에 그녀가 음악가로 활동하며 곡을 이해하고 분석하는 데 넉넉한 자양분이 되었다고 한다. 양쪽 귀로 들어본 적이 없어 어떻게 들리는지 궁금했단다. 일반 청중들이 듣는 것과 다르게 들리기 때문에 본인만의 연습과 청각 훈련을 했다. 그래서 남다른 감각과 자기만의 개성 있는 소리를 찾아냈다고 한다. 어릴 때 교통사고를 당해 큰 위기를 겪은 적도 있었단다. 그때 부모님의 기도에 응답이 있어 살아났단다. 교통사고 후유증으로 턱관절에 이상이 와서 큰 수술을 받았다. 이 때문에 6년 동안 연주를 하지 못했다. 그 시기 동안 아버지와 자주 통화하며 한 시간 정도 신앙 얘기와 독서 얘기를 하며 이겨냈다.

그녀가 지나온 삶을 듣고 그녀에게서 왜 그런 바이올린 음색이 나는지 알 듯했다. 그녀는 '결핍이 하나님의 은혜'라고 고백했다. 자작나무의 나뭇가지가 잘려나간 상처 부위에 단단한 옹이가 생겨나듯 그녀의 결핍이 그녀가 세계적인 바이올리니스트가 되는 자양분이 되었으리라. 그것이 아름다운 흔적으로 남아 청중의 내면을 치유하고 깊은 울림을 주는 연주자가 된 것이리라.

자작나무는 북위 40도 이상의 추운 지역에서 서식한다. 시베리아, 북유럽, 동아시아 북부, 북아메리카 북부 숲이 대표적이라고 한다. 핀란드나 러시아에서는 사우나를 할 때 자작나무 잎을 말린 것을 사용한다. 껍질에는 기름기가 많아 습기에 강하고, 오랫동안 잘 썩지 않고 불에 잘 타는 특징이 있다. 방수성이 우수해 북미 원주민들이 카누를 만들거나 여진족들이 배를 비롯한 각종 생활 용구의 재료로 사용했다고 한다. 과거 고구려나 신라에서는 종이 대용으로 사용했고 천마총의 천마도 그림이 이것의 수피로 만든 것이라니 정말 놀랍다. 수피에 함유된 성분은 진해, 거담, 항균작용을 한다고 하니 건강에도 유익한 나무다. 20세기 후반 이후에는 자일리톨 성분을 추출하여 천연 감미료로 사용하고 있다.

자작나무의 수피도 처음에는 보통나무처럼 갈색이다. 시간이 지나 갈색 껍질이 벗겨지고 수피에 함유되어있는 베툴린산 물질이 빛을 반사해 흰색 빛깔로 보인다고 한다. 이유는 추운 지역의 큰 일교차로부터 수피 손상을 막기 위한 것이란다. 오래전에 남편이 사역하는 청년부에서 내가 제자 훈련한 자매가 나에게 바이올린을 맡긴 적이 있다. 스트라디바리우스가 제작한 것으로 20여 년 전에 수억 원 이상의 가치가 있는 바이올린이었다. 그 자매가 아끼는 악기인데 나에게 맡기고 마음껏 사용하라 한 것이다. 그 바이올린을 길들이기 위해 얼마나 많은 시간을 함께 호흡하며 지내왔을까. 악기는 연주자의 연주 스타일에 따라 음색이나 톤이 달라진다.

악기제작자 전문가에 따르면 알프스산맥과 발칸 반도 등에서 자란 나무로 악기를 제작하면 깊은 소리를 낸다고 한다. 단풍나무는 추운 지역에서 자란 나무일수록 더 깊은 소리를 낸단다. 겨우내 추위를 다 견디고 자라난 나무가 그 속에서 깊은 음을 낸다고 한다. 평지보다 골짜기에서 자란 나무일수록 더 견고하고 내구성도 강하다. 자작나무의 옹이는 상흔이 아니라 자작나무를 아름답게 빛내는 자리가 된다. 우리 안에 어떠한 쓴 뿌리나 상처든 온전히 새롭게 빚어질 때 아름다운 향기를 발하는 삶이 되리라. 내 숲에 아직 아물지 않은 생채기가 있다면 단단한 옹이로 아름답게 빚어가는 흔적이 되고 향기가 되길 갈망한다.(2021.10)

새도 발이 있다

바람이 실어다 준 향기를 따라 남편과 정원을 산책했다. 정원을 둘러싸고 있는 아름드리 플라타너스는 나뭇잎을 떨구고 겨울나기를 준비하고 있었다. 얼마 전에 예고 없이 찾아온 강풍이 정원 곳곳에 상흔을 남기고 갔다. 여름내 무성했던 나뭇잎은 그 몫을 다했는지 다양한 빛깔로 나뭇잎에 흔적을 새겨놓았다. 아름드리 우듬지 위에 바람이 마중 나왔다. 앙상한 나뭇가지들이 간간이 불어오는 미풍에 흔들렸다.

호수를 따라 걷기 시작하는데 갑자기 어떤 이질적인 물체가 우리 발 앞으로 빠르게 지나갔다. 파충류인 줄 알고 깜짝 놀랐다. 개구리라면 너무 크고 들쥐라면 아주 가볍게 느껴지는 어떤 움직임이었다. 그때 참새 한 마리가 숲에서 총총거리며 길가로 나왔다.

"아, 참새구나! 참새가 왜 걸어서 나와?" 나는 방금 눈앞을 지나간 참새 꽁무니를 그제야 발견하고 소리쳤다. "새도 발이 있잖아.” 남편의 반응을 듣고 나는 이내 고개를 끄덕였다. ‘그렇지. 새도 발이 있지.’ 당연한 말인데 무슨 이유인지 처음 듣는 것처럼 생경했다. 새는 날개만 있는 게 아니었다. 새도 발이 있고 걸을 수 있다는 사실을 간과하고 있었던 거였다. 내 안에 내재되어 있는 편견이 어떠한 여과장치 없이 반응했다.

몇 년 전, 지인들과 모임에 참석했는데 그곳에 내 시선을 사로잡은 꽃꽂이 화병이 있었다. 단순한 꽃꽂이가 아니라 예술작품 수준이었다. 색상의 조화나 전체적인 균형감각과 각도 등이 예사롭지 않았다. 회원 중에 화원을 경영하는 부부가 있어 당연히 그 여주인의 작품이겠거니 했다. 몇 개월 뒤, 우연히 그 꽃꽂이의 작가를 알게 되었다. 바로, 화원의 여주인이 아니라 큰 체구에 무뚝뚝하기까지 한 그 남편이었다. 두툼하고 투박해 보이는 그 손끝에서 섬세하고 아름다운 꽃꽂이 작품이 연출되었다는 사실이 놀라웠다. 내가 보았던 꽃꽂이가 여인의 솜씨일 거라는 생각은 나만의 편견이었다.

지난 몇 년 동안 중동 지역과 튀르키예에서 디아스포라 난민들을 마주할 기회가 여러 차례 있었다. 중동 지역 분열 사태 이후 세계 곳곳에 흩어진 난민의 실태는 신문이나 뉴스에 보도된 것 이상이다. 특히 2011년 3월에 발발한 시리아 내전 직후 중동과 유럽에 많은 변화가 일어나고 있다. 난민이 가장 많이 거주하는 곳이 바로 튀르키예다. 2021년 8월 기준, 튀르키예 거주 난민은

500만이 넘는데 그 중 시리아 출신이 360만이라 한다.

튀르키예의 중남부, 인류 4대 문명 발상지의 하나인 옛 메소포타미아 지역에서 시리아 내전 직후 튀르키예로 온 가족을 만났다. 한 남자가 손주로 보이는 사내아이 둘과 가는 중이었다. 나와 일행은 그에게 길을 물으며 자연스럽게 친해졌고, 그 집에까지 초대되었다. 쉰 살이라는데 일흔 살이 넘어 보이는 그는 그 아이들의 아버지였다. 아내와 일곱 자녀가 같이 살고 있었다. 잔물결이 일렁이는 그의 얼굴에 난민들의 고단한 삶이 스며있었다. 난민이 된 이후, 자녀들은 학교에 다니지 못했고 어떤 교육도 받지 못했다.

그의 아내와 아이들이 우리를 위해 음식과 과일을 사왔다. 그들 처지로서는 과분해 보이는 음식이었다. 외지인들을 대할 때 느낄 법한 적대감이나 경계심 같은 것도 없어 보였다. 언어와 문화, 피부색이 달라도 짧은 시간에 소통이 이뤄지고 마음을 나눌 수 있는 시간이었다. 우리는 그 지역에서 난민 아동들을 대상으로 캠프를 개최했다. 여러 프로그램에 참여해 열심히 배우려고 하던 그 아이들의 초롱초롱한 눈빛을 아직도 잊을 수 없다.

우리가 만난 난민들은 이전에 지레짐작으로 알고 있던 것과는 달랐다. 시리아 내전 때 남편이 전사하고 다섯 명의 아이들과 함께 난민이 된 스물다섯 살 미망인도, 포탄 테러로 한쪽 다리를 잃고 다른 한쪽마저도 2차 감염의 우려를 안고 치료를 받지 못하고 있는 스물다섯 살 청년도, 내전 때 테러로 가장을 잃고 하루 열두 시간의 노동으로 가족을 부양하는 열 살도 안 된 어린아이들도 모두 각자의 삶의 무게를 안고 디아스포라의 시간을 견디고 있었다. 그럼에도 불구하고 그들 대부분은 타인에 대한 배려와 예의를 잊지 않는 사람들이었다. 그들이 처한 고통과 상황 때문에, 남을 돌아볼 여유가 없으리라 생각했다. 삶의 현실은 고단해 보였지만 외지인을 대하는 태도는 달랐다.

산책하고 나면 내 마음의 정원으로 돌아온다. 하나님의 형상으로 창조된 인간을 나의 기준으로 평가하고 판단하는 오류를 범하지 않도록 점검해야 하리라. 나의 편견으로 내 주변에 호흡하고 있는 소중한 존재들이 무가치하게 잠들고 있는 것은 아닌지 잠시 상념에 잠긴다. 우리는 때로 새의 날개 같은 가시적인 현상 이면에 숨겨진 다른 가치를 보지 못하는 경우가 적지 않다. 내 정원에 편견의 잡초가 무성하게 자랄 때마다 숲에서 걸어 나온 참새와 마주해야 할 것 같다. 새도 발이 있다! 이 당연한 말이 오래도록 마음 언저리에 남을 듯하다.(2018.10)

*** 텍사스 크리스천뉴스(TCN) 2023년 12월 칼럼. 『문학과 비평』 2021 겨울호.**

모국 방문기 1

몇 년 만에 인천국제공항에 도착해 입국 절차를 마치고 나왔다. 멀리서 나와 남편을 알아보고 손을 흔들며 반기는 얼굴이 있었다. 시동생과 조카였다. 대학생이 된 조카가 몰라볼 정도로 장성해서 다른 사람인 줄 착각했다. 수줍은 얼굴로 큰아빠인 남편과 큰엄마인 나에게 인사를 꾸벅하고 시동생 옆에서 우리 짐을 받았다. 조카가 기특하고 사랑스러웠다.

그 곁에서 말없이 미소를 지으며 다가오는 사람이 있었다. 남편 미국 유학 시절에 만나 20년 지기로 지내는 의료 선교사님이었다. 한국에서 외과 의사로 명성을 높이며 부와 명예를 누릴 수 있건만, 모든 것을 내려놓고 목숨을 아끼지 않고 오지에서 선교 사역했다. 한국에 머무는 동안 우리 부부와 만날 수 있는 기회가 되었다. 내가 좋아하는 노란 프리지아 꽃다발을 한아름 안고 한 손에는 선물을 들고 웰컴 투 코리아를 외치며 반갑게 맞아주었다. 병원에 근무하면서 서울에서 인천공항까지 온 거였다. 우리 부부가 한국에 도착해 불편할 것을 배려해, 당장 필요한 한화 사용을 위해 봉투에 한화 현금까지 넣어두었다. 과분한 사랑에 몸 둘 바를 몰랐다. 다음에 다시 여유 있게 만나자는 약속을 정하고 잠시 인사만 나누고 헤어졌다. 미국과 한국의 시차가 있는데도 내가 건강이 좋지 않을 때 언제든지 연락해 자문하는 정말 고마운 분이다. 선교사님은 내가 한국에서 의료 서비스를 받을 수 있도록 의대 선후배들에게 미리 연락해서 부탁한 상태였다. 바쁜 일정으로 병원을 찾지 못해 죄송한 마음이었다.

첫날 시댁에 도착했다. 아버님과 어머님은 북받치는 감정으로 우리 부부 얼굴을 마주하지 못하고 눈물을 숨기느라 애쓰시는 듯했다. 코로나 시대를 겪고 처음 마주하는 만남이기에 더 의미가 있는 한국 방문이 아닌가. 작은시동생이 형수가 좋아하는 간장게장 먹으라며 인터넷에 주문해서 내가 도착하는 시간쯤에 받아볼 수 있도록 했다. 미국에서는 맛볼 수 없는 제철 간장게장의 맛을 만끽했다. 연로하신 어머님께서 정성스럽게 준비한 저녁 식탁은 다리가 흔들거리는 것만 같았다. 몇 년 만에 모인 자리인가. 아버님과 어머님은 평생을 한옥에서만 살다 노년에 관리가 편리한 아파트로 이사했다. 아파트 생활이 처음이라 익숙하지 않은 두 분께서는 처음에는 많이 불편하고 우울증도 앓았다는데 시간이 지나면서 적응이 되어간단다.

한국에서의 일정은 빠르게 지나갔다. 5년 전에 소천하신 아버지 납골당을 찾았다. 몇 년 전에 형제들이 의견을 모아 엄마도 이

장해서 아버지 곁에 모시기로 해서 같은 곳에 계셨다. 마침 어버이날을 하루 앞두고 있어서 그런지 그곳을 방문한 사람들이 많았다. 납골당 곳곳에 꽃바구니와 꽃송이가 놓여 있었다. 생전에 얼굴도 이름도 모르던 사람들이 한줌 재가 되어 작은 병에 담겨 같은 공간에 머무는 모습에 마음이 머물렀다. 납골당은 참 묘한 장소인 듯하다.

나는 꽃바구니를 구해서 아버지와 엄마 사진 앞에 놓았다. 목회하는 남편과 결혼해서 목회 사역이 분주하다는 이유로 한국에 있을 때도 부모님 생전에 제대로 찾아뵙지 못했다. 엄마를 먼저 천국에 보내드리고 홀로된 아버지를 자주 찾아뵙지 못했는데, 3주 동안 병원에 입원하고 갑자기 폐렴으로 돌아가셨다. 결혼하고 예쁜 꽃바구니 한 번 드리지 못했는데, 돌아가신 후에야 화원에서 가장 예쁜 꽃바구니를 구해 아버지와 엄마 사진 앞에 놓았다. 보지도 못하고 향기를 느끼지도 못할 꽃을 납골당 사진 앞에 내려놓고 불효녀는 아버지와 엄마가 듣지도 못할 말만 되뇌었다.

결혼 이후로 부모님 생전에 카네이션의 향기를 만끽할 수 있는 꽃다발을 안겨드리지 못했다. 먼 이국땅에서 찾아가 사진 앞에 꽃바구니를 드린들 무슨 의미가 있을까. 내 마음 편하겠다고 하는 이기적인 행위가 아니던가. 부모님 살아계실 때 한 번이라도 더 찾아뵙고 잘하라는 말을 많이 들었지만 실감하지 못했다. 이제 아무리 후회하고 아쉬워한들 돌이킬 수 없다. 그 헛헛함을 무엇으로도 채울 수 없다.

오랜만에 이국땅에서 고국을 찾은 막내딸과 막내사위가 온 것을 안 것일까. 그곳을 찾아가는 동안 계속 앞이 보이지 않을 정도로 소낙비가 멈추지 않았다. 부모님께서 흘리신 눈물일까. 딸과 사위가 온 것이 기쁘다고 표현한 것일까. 멀리 태평양 너머에 있다는 이유로 아버지 가시는 마지막 모습을 지키지 못한 불효녀는 죄인 아닌 죄인이 된 듯했다. 5년 전에 아버지가 돌아가셨을 때, 나는 아버지 장례 절차가 끝나고 한국에 도착했다. 그 이후로 처음 찾아뵙는 거였다.

언니가 운전하고 빗길을 뚫고 집에 도착한 후 차려진 저녁상은 만찬이었다. 해물탕과 갈비찜, 불고기와 수육, 잡채와 다양한 나물 종류와 밑반찬이 식탁에 고즈넉하게 자리를 잡았다. 언니가 한방 재료를 넣고 만든 한방 수육을 곰취나물에 싸서 먹었다. 처음 먹어본 그 맛은 자꾸만 생각나는 맛이었다. 미국에서는 쉽게 먹을 수 없는 음식들로 차려졌다. 식탁 다리가 휘청했다.

언니는 내가 한국에 오면 주겠다고 준비한 것들을 대형 캐리어 두 개에 가득 담아주었다. 대형 캐리어 두 개에 차고도 남아 가방 하나를 더 구했다. 언니는 시댁에서 맏며느리로 친정에서 맏이로 사느라 섬기는 삶이 몸에 배었다. 김장철이 되면 배추 몇백 포기씩 김장해서 이웃과 독거인들에게 나눈다. 언니가 담근 다양한 종류의 김치를 먹으니 몇 년 만에 소울푸드를 먹은 듯했다. 어디에서도 맛볼 수 없는 언니만의 깊은 맛을 담고 있었다. 언제 또 만날지 알 수 없는 아쉬움을 뒤로한 채 아쉬운 발걸음을 돌렸다.

3주간의 한국 방문에 너무 과분한 사랑과 섬김을 받았다. 그동안 지친 몸과 마음을 회복하고 쉼을 얻는 시간이었다. 우리 부부를 위해 예비한 시간인 것처럼 모든 순간마다 헛된 시간이 없었다. 분주한 일정으로 다 만나지 못하고 와서 많은 아쉬움이 남지만, 다음 기회를 기약하는 수밖에 방법이 없었다.

미국에 입국하기 전날, 남편이 서울에서 청년부 사역할 때 내가 양육했던 제자들이 우리 부부를 만나러 왔다. 서로 얼굴을 보는 순간 뭐라 표현하기 어려운 감정에 눈앞이 희미했다. L형제는 40 중반이 넘었는데 감성도 섬세하고 풍부했다. 손 카드를 읽으며 눈물을 쏟느라 중간에 멈칫했다. 10분 동안 만나고 급한 비즈니스 문제로 먼저 갔다. 서울 소재 대학 교무과에 다니는 J자매는 하루 휴가 내어 우리 부부를 만나기 위해 왔다. B자매 부부도 아이들 넷을 시댁에 맡기고 왔다. 우리는 언제 또 만날지 알 수 없는 아쉬움을 뒤로하고 카메라에 그 순간을 담기 위해 포즈를 취했다. 각자의 표정 속에 그간의 흔적이 남아 있었다. 많은 말을 하지 않아도 서로의 눈빛에서 마음을 읽을 수 있었다.(2023.05)

모국 방문기 2

오랜만에 모국을 방문했다. 5월의 눈부신 은빛 햇살이 도시 속으로 흘러내렸다. 서울 한복판의 봄 풍경을 새삼 마주하는 시간이었다. 일정한 간격으로 줄지어 서 있는 가로수들은 목화 솜이불을 덮고 있는 듯했다. 하얀 눈송이를 닮은 꽃이 만개한 풍경은 한겨울에 눈이 내려 나무를 포근하게 덮어주는 것만 같았다. 오랜만에 찾은 고국의 서울 봄 풍경은 그랬다. 오래된 사진첩 흑백 사진들 속에 컬러 사진이 한 장 들어 있는 듯한 풍경이었다. 햇살은 도시 속 행인들의 걸음을 따라 또르르 구르고 있었다. 나도 어느새 그 햇살을 받으며 행인들 속으로 스며들었다. 도심지에 높이 솟은 건물들과 봄날 풍경이 이질적인 듯 아닌 듯 묘하게 교차했다. 나른한 봄이 도시와 사람들의 표정 속으로 흘러들었다. 봄은 도시의 문화에 전혀 어울릴 것 같지 않은 표정으로 도시의 문명 속으로 한 걸음씩 저벅저벅 걸어 들어왔다.

전체 일정을 소화하기에 3주는 짧았다. 도착 후 다음 날 금식하고 이틀 후에 건강 검진을 했다. 시민권자라 의료비 혜택이 없었는데 CEO가 독실한 크리스천이라 목회자와 선교사들은 혜택이 있었다. 미국의 복잡하고 느린 의료 시스템에 비해, 한국의 신속하고 편리한 시스템에 감탄이 절로 나왔다. 그래도 고국의 상황은 예전과 달라 적응하기 쉽지 않았다. 많이 바뀐 지하철 시스템, 곳곳에 들어선 아파트 빌딩 숲 등 급속도로 변화된 한국의 상황에 적응되지 않았다.

이웃으로 지내다 귀국한 L목사님을 만나는 것으로 공식 일정이 계속 이어졌다. 그날 저녁에 서울에서 오래전에 사역했던 교회 청년 제자들이 여의도에서 한자리에 모였다. 그곳을 떠난 지 20여 년이 지났다. 남편과 내 생일을 기억하며 안부를 보내는 P자매에게 연락했는데 많은 제자가 모였다. 그때 그 시절의 모습이 오롯이 남아 있었다. 20대 초반 대학생 시절에 만났던 청년들이 이제는 중년이 되었지만, 여전히 22년 전의 세월에 멈춰 있는 것만 같았다. 나와 남편은 잠시 그 시절 타임머신을 타고 여행을 다녀온 듯했다.

작가가 되어 베스트셀러 반열에 오른 제자 Y가 사인해서 책을 주었다. 외국인 금융회사에 근무하다 인도네시아에 파견 근무하고 한국으로 복귀한 Y는 인도네시아 현지인 글을 번역했는데 반응이 좋다는 거였다. 무슬림이 회심하고 크리스천이 되는 과정이 깊은 울림을 준 것 같다고 했다. 적지 않은 인세를 모두 선교 헌금으로 드린단다. 청년 때도 신앙이 남달랐는데 결혼하고 중년이 되어서도 변함이 없었다. 동생은 모 국립대학 통계학과 교수로 재직 중이라며 대신 안부를 전해 주었다.

강남에서 수학 강사로 입시 학원 여러 곳을 운영하는 제자 부부는 우리 부부가 한국에 방문할 때마다 많은 것을 제공하는 고마운 부부다. 제자 S는 양평에서 우리 부부에게 음식을 대접했다. 서울로 와서 그 집에서 하룻밤을 지내는데 책장에 꽂혀 있는 한 권의 책에 내 시선이 멈추었다. S의 작은아이가 학교 숙제로 만든 그림책이었다. 나는 두근거리는 가슴으로 그림책 표지를 열었다. 첫 문장에 매료되어 단숨에 읽었다. 따듯한 마음을 소유한 아이가 그린 그림책이, 피곤했던 내 영과 육을 치유하는 듯했다. S 부부는 나에게 그림책이 어떠냐고 물었다. 아이의 미래가 달린 문제일 수 있고, 아이에게는 중요한 문제인데 진심을 담아 내 느낌을 말했다. 아이의 얼굴에 화색이 돌았다. 웹툰 캐릭터를 닮은 아이는 입이 귀에 걸린 채 인사를 꾸벅하고 자기 방으로 갔다.

CCM 가수로 활동하다 결혼 후 아이 넷을 출산하고 아이들을 양육하고 있는 제자 B는, 내가 청년들 제자 훈련할 때 같은 그룹에 있는 형제와 교제하다 어느 날 깜짝 결혼 발표를 해서 주위를 놀라게 한 친구다. 건강한 가정을 이루고 자식들 낳고 잘 사는 모습을 보니 뿌듯했다. 요즘 같은 저출산 시대에 애국하는 가정이라며 웃음꽃을 피웠다. 입시학원 국어 강사로 분주하게 보내는 제자는 전혀 예상하지 못한 형제를 만나 결혼한다는 소식을 미국에서 전해 들었다. 어울릴 것 같지 않은 커플이라 생각했는데 역시 가정을 이루고 잘 살고 있었다. 우리 부부가 한국에 방문했다는 소식을 전해 듣고 지방에서 두 시간 삼십 분이나 달려온 제자도 예전 모습 그대로였다. 코로나 양성으로 자가 격리 중이라 우리와 함께하지 못한 다른 제자들의 아쉬운 마음도 전해 받았다.

외국인 노동자들 영어 성경공부를 인도하던 제자 L은 세 아이의 아빠로 회사 대표가 되어 있었다. L은 교회 청년부에서 삶이 바뀐 친구였다. L은 어느 날 교회 앞에 있는 S대학 운동장 농구코트에서 교회 청년들과 농구를 하는 한 목사를 보았다. '어떤 목사일까?' 하고 궁금해 하며 스스로 교회를 찾아왔는데, 그 청년부 목사가 바로 내 남편이었다. 그 뒤 교회에 나오기 시작한 L은 내가 인도하는 제자 훈련 그룹에 들어와 오랫동안 함께 성경 공부하며 신앙 훈련을 했다. 한 삶이 그렇게 바뀔 수도 있었다. 20년 후에 다시 봐도 한 가정의 가장으로 성실하게 살고 있었다.

우리 부부가 한국에 방문할 때마다 많은 섬김을 아끼지 않는 L 권사님은 2년 전에 갑자기 장로님을 먼저 천국에 보내드리고 홀로서기를 하고 있었다. 학교에서 국어 교사로 오랫동안 재직하고 은퇴한 상황이었다. 결혼 전 모델과 작가로 활동하다 가정을 이루고 귀여운 딸을 출산한 K 자매도 주어진 삶을 걸어가고 있었다. 뒤에서 드러나지 않게 잘 섬기고 배려심 많은 S 집사님 부부는 주변 사람들의 필요를 잘 아는 지혜와 센스가 탁월하다. 낭랑

한 목소리와 미모로 늘 웃음을 아끼지 않는 K 전도사님과 장위동에 위치한 레스토랑에 모였다. 우리가 모인 시간에 손님이 아무도 오지 않았다. 아마도 그 레스토랑을 그 시간에 통째로 예약한 듯했다.

다음 날, 25년 전에 함께 사역했던 교회 담임 목사님, 동역했던 목사님 내외분과 함께 경기도 남양주에 위치한 수목원으로 갔다. 서울 시내에서 조금만 벗어나니 전혀 다른 세상이 존재하는 듯했다. 수목원 초입에서 이미 힐링이 되었다. 5월의 신록이 우리를 반겼다. 초록이 깔린 넓은 대지에 음식점, 카페, 건강을 점검하는 클리닉, 기념품 가게, 계곡물, 수목원 전체를 감싸듯 둘러싼 산자락에 오후 햇살이 내려앉았다. 햇살이 우리 일행의 이마에 닿았다. 이마에 서린 옅은 주름들이 물결을 이루며 5월의 푸른 자연 속에 함께 출렁였다. 세월이 지났어도 예전을 추억하며 그 시절로 돌아가 옛이야기에 서로 웃음꽃을 피웠다.

초등학교 교사인 목사님 사모님이 장소를 섭외하고 준비한 자리였다. 학교에서 아이들 현장 학습 장소로 종종 오는데 우리 부부가 한국에 방문하면 함께 오고 싶었던 장소란다. 산속에서 들려오는 새들의 합창과 계곡 물소리, 꽃들의 웃음소리가 오케스트라 협연을 하는 듯했다. 이보다 더한 협주곡이 있을까. 어떤 음악회에서 듣는 연주보다 황홀했다. 우리 일행은 포토존에서 그 순간의 흔적을 영원의 바구니에 간직하기 위해 포즈를 취했다. 각자 지은 표정들 속에 그동안 새겨진 삶의 파도가 일렁이는 듯했다.

촉박한 일정으로 만날 사람들을 다 만나지 못했다. 저녁에 다른 일정이 있어 사당동으로 향했다. 우리가 도착한 후, 제자들이 이미 주문한 메뉴가 코스별로 나왔다. 직장에서 퇴근하고 바로 나왔을 텐데 우리 부부를 위한 제자들의 세심한 배려와 사랑에 내 눈은 이미 촉촉하게 젖어 있었다. 눈앞에 놓인 진수성찬이 희미하게 보였다. 식후에 그간의 밀린 얘기를 하며 시간을 멈출 수 있으면 좋겠다는 제자도 있었다.

미국에서 이웃으로 지냈던 목사님과 사모님을 대구에서 만났다. 어린이날이었는데 비가 많이 내렸다. 동대구역으로 우리 부부를 마중 나온 목사님과 사모님은 예전 모습 그대로였다. 우리를 백화점 음식점으로 안내했다. 공휴일이라 그런지 두 시간 삼십 분 이상을 기다린 후에 주문한 음식을 먹을 수 있었다. 바쁜 목회 일정 중에도 우리 부부를 정성스럽게 맞아 준 귀한 마음이 고마웠다.

각자 삶의 영역에서 자기 몫의 무게를 안고 나그네 광야를 걸어가고 있었다. 언젠가 또 만날 날을 고대하며 아쉬움을 안고 LAX행에 올랐다.(2023.05)

제4부

사랑을 놓고 간 사람

향기 나는 집을 가꾸기 위해

나는 동네를 산책하며 집을 구경하는 것을 좋아한다. 집 앞을 지날 때 저 집안에 누가 살고 있는지, 어떤 가족 구성원이 있는지 절로 기웃거리게 된다. 그 집에 사는 사람들과 집안은 어떤 모습일까 상상하기도 한다. 집안을 볼 수는 없지만, 집의 외관은 집주인의 성향을 느낄 수 있는 요소 중 하나다. 집 규모의 문제가 아닌, 그 집에서 느껴지는 고유의 향기가 있다.

집이라는 단어를 들으면 편안하고 포근한 엄마 품에 안긴 듯하다. 저녁이 되었는데 돌아갈 곳이 없다면 어떨까. 집은 하루 일상을 마치고 본능적으로 발걸음이 향하는 곳이다. 엄마의 품 같은 곳이다. 외출 후에 다시 돌아갈 곳이 아닌가. 모든 인간이 이 땅에 잠시 외출했다 본향으로 돌아갈 곳이 있듯이 저녁에 돌아갈 집이 있다는 것은 행복한 일이다. 거할 처소가 있다는 것은 인간의 가장 기본적인 생존 욕구 중 하나가 충족되는 일이다. 집은 인간이 요람에서 무덤까지 동행하는 가장 밀접한 삶의 기본적인 수단이다. 삶과 집은 불가분의 관계다. 거주하는 집을 위해 많은 투자를 하고 평생을 사는 사람들도 있다. 집에 투자하는 만큼 내면의 집을 가꾸면 어떨까. 집은 곧 사람이라고 말할 수 있을 테니.

지인들의 집을 방문할 기회가 자주 있다. 집을 방문하면 집주인 성향이나 성품을 닮은 그 집만의 향취를 느낄 수 있다. 집의 외관은 화려한데 집안에 차가운 공기가 흐르는 집이 있다. 반면에, 외관은 화려하지 않지만 인테리어나 집안 분위기가 따뜻한 집이 있다. 향기 나는 집을 가꾸는 것은 집주인과 그 집에 거주하는 자들의 몫이다. 우리가 거주하는 집도 그러한데 하물며 마음의 집은 어떨까.

분주하다는 이유로 뒷마당 창고에 오랫동안 쌓아놓은 물건들을 정리하지 못했다. 작년 연말에 남루한 옷들과 오래된 짐으로 가득한 창고를 대청소했다. 오랫동안 다양한 흔적이 담겨 있는 창고를 정리하려고 하니 아쉬움이 앞섰다. 삶의 희로애락이 오롯이 깃든 곳이 아닌가. 이제는 지나온 거리보다 남은 거리가 더 마음이 쓰이는 시점이다. 최상의 상태로 남은 장거리 마라톤 경주를 해야 할 테다. 거추장스러운 겉옷을 벗고 가벼운 차림으로 여정을 완주할 준비를 해야 하리라.

그동안 쌓인 짐들을 정리하려는데 무엇부터 정리해야 할지 막막했다. 오래된 책들과 가구류, 의류, 가전제품, 주방용품 등 다양한 물건들이 주인에게 반항이라도 하듯 무방비 상태인 나의 오감을 일시에 공격했다. 창고 안에 있는 거미들이 자기 영역을 확보하고, 주인이 들어가도 자기 터전만은 양보할 수 없다는 듯 나를 경계했다. 정기적으로 정리를 했다면 막막하지 않았을 터인데 오랫동안 무심했다. 창고에 있는 물건을 정리하는 데도 많은 시간이 소요되는데, 마음의 집에 오래도록 쌓인 물건은 어떨까. 물건들은 각각 나름대로 사연을 품지 않은 것이 없었다. 물건마다 나에게 무엇인가 말을 건네는 것만 같았다.

집 인테리어의 기본은 잘 버리고 정리를 잘 하는 것이다. 정돈되지 않은 마음과 불안정한 심리는 그 사람의 방과 집을 보면 쉽게 가늠할 수 있다. 모 기업에서 직원들이 자기 책상 정리를 잘하는 사람과 그렇지 않은 사람의 업무 능력을 종합 평가했다. 정리정돈을 잘하고 주변이 깔끔한 사람이 업무 능력과 실적이 탁월하게 향상되었음을 알 수 있었다. 세계적인 리더들의 생활 습관 중 공통점이 있단다. 아침에 기상하면 제일 먼저 침대를 정리하고 자기 책상과 집을 정리한다는 거였다.

집안에서 제 위치에 있어야 할 물건들이 위치를 찾지 못했을 때 조화를 이루지 못하고 어색하다. 어떤 물건이든 그 물건이 있어야 할 가장 최적의 자리가 있다. 물건마다 자기 자리를 찾았을 때 인테리어가 조화롭고 아름답다. 최고의 인테리어는 정리 정돈이다. 마음의 집도 마찬가지 아닐까. 어수선한 내면에 질서와 정리가 필요한 상황이라면 정원에 있는 잡초를 정돈하는 일이 우선이다. 어느 때는 쓴 뿌리가 너무 깊이 내려 요지부동할 때가 있다.

때로 예상하지 못한 바람으로 집이 흔들리고 집의 외관이나 내부에 균열이 생길 때가 있다. 그럴 경우, 어디부터 수리해야 할지, 터만 남기고 리모델링을 해야 할지, 재건축해야 할지 난감하다. 우리가 거주하는 집은 일정 기간이 되면 완공될 수 있지만, 마음의 집을 건축하는 일처럼 어려운 일이 또 있을까. 마음의 집을 완공한다는 말은 존재하지 않을지 모른다. 무너진 곳을 보수한다는 말이 더 어울릴 테다.

잠시 정원을 산책한다. 내가 정면으로 돌파하고 싶지 않은 사람이나 상황을 만나면 그것을 회피하고 지나친 것은 아니었을까. 어떤 상황을 대면했을 때, 그것을 해결하고 정돈을 잘 했다면 묵은 먼지와 남루한 짐이 되지 않았을 것이다. 처리되지 않은 감정이 마음 창고에 쌓여 부패되면 다른 감정에도 전이되어 영향을 준다. 감정의 묘한 거미줄이 풀리지 않고 더 확대된다. 때로는 나 자신과 불편한 진실을 대면해야 할 때도 있다. 자신의 속 사람과 맞대면하는 훈련이 익숙한 사람일수록 정리를 적절한 때에 잘 할 수 있으리라.

창문에 뿌옇게 묻은 먼지와 바람결에 얼룩진 커튼이 어느새 말끔하다. 봄 햇살이 자늑자늑하게 내려앉는다. 겨우내 잠들었던 정원의 아름드리 우듬지마다 눈을 뜨고 새싹들이 기지개를 켠다.

바람이 입 맞추고 스친 나무들이 수줍은 듯 눈을 뜬다. 아집과 편견의 잡초들로 무성한 정원을 정돈한다. 황폐한 정원에 향기 그윽한 온유와 관용의 꽃을 심는다. 내 집은 지금도 내부 수리 중이다. 어떠한 폭풍에도 요동하지 않는 튼실한 집이 완공되기를 갈망한다. 오늘도 견고한 터 위에 집을 짓는다.(2014.10)

***『동행문학』 2024 봄호 게재**

데스밸리에 홍수가

세계는 지금 기상이변으로 지구 곳곳에서 몸살을 앓고 있다. 미국 서부 캘리포니아에 있는 데스밸리에 홍수가 났다는 소식을 접했다. 뉴스를 통해 본 데스밸리의 모습은 상상할 수 없는 모습이었다. 천 년에 한 번 있을까 말까 한 불가사의한 일이 발생했다는 보도였다. 사막의 이미지만 품고 있던 데스밸리에 홍수로 인해 물이 범람하여 도로가 끊기고 물에 잠겨 이전의 흔적은 찾아볼 수 없는 모습을 보며 당혹스러웠다. 지금쯤이면 관광객들이 끊이지 않고 있을 터인데 홍수로 물바다가 된 그곳에서 예전의 모습을 찾아보기 어렵게 되었다.

지구 곳곳에서 이상 기온으로 예측하기 어려운 변화와 어려움을 겪고 있다. 동시다발적으로 홍수와 가뭄이 양극화되고 있는 현상이다. 지구 온난화는 예상보다 훨씬 빨리 심각한 후유증을 몰고 왔다. 한국은 홍수, 유럽은 불바다…. 미국 캘리포니아의 데스밸리 사막 지역 역시 홍수로 이변을 겪고 있다. 죽음의 계곡 데스밸리가 천 년에 한 번 경험할 수 있는 희귀한 현상이 우리 시대에 발생했다는 사실은 충격적이다. 지구의 수명이 한계에 이르고 있다는 증거일 터이다. 다른 지역은 가뭄과 산불로 몸살을 앓고 있고, 다른 곳에서는 홍수로 물바다가 되고 있다. 언제 어디서 어떤 이변이 일어날지 알 수 없는 상황가운데 놓여 있다. 지구 어디에도 안전지대는 없다는 사실이 현실화되었다.

인간들이 그동안 행한 결과의 산물이다. 지구가 몸살을 앓아도 귀를 기울이지 않고 무심코 지나친 결과가 커다란 재앙으로 돌아온 것이다. 자연은 정직하다. 인간들이 행한 일들의 결과를 돌려주는 것이다. 지구의 온도가 1도만 상승해도 엄청난 일들이 발생한다는 사실이 충격적이었다. 북극과 남극의 빙하가 녹으면 해수면이 상승하고 생태계 파괴는 물론 지구의 질서가 무너지고 인간의 생명을 위협한다. 전문가들에 의하면 온도가 1도 상승하면 벼락이 칠 확률이 12%가 상승한단다. 기상이변의 징후가 증가한다는 말이다. 지구는 이미 오래전부터 신호를 보냈다. 그것을 무시하고 방치한 채 돌보지 않은 것은 인간들이다. 심은 대로 거두는 자연 현상을 어찌 피할 수 있을까.

코로나 초기에 사회적 거리 두기를 실행할 때 자연은 살아나고 있었다. 사람들이 외출을 하지 않으니 대기 오염 수치가 낮아지고 쓰레기가 줄고 여러 가지로 자연은 이로운 점이 많았다. 사람이 병들 때 자연은 살아나는 아이러니한 현상이 발생했다. 그런데 지금은 어떤가. 코로나가 약화되면서 사회적 거리 두기를 폐

지하고 이전처럼 활동하기 시작하니 자연은 다시 몸살을 앓기 시작했다. 아니 이제 자연은 더 이상 견딜 수 있는 면역력이 남아 있지 않은 듯하다.

이번에 한국 강남에서 홍수가 난 사건을 보며 많은 생각을 하게 되었다. 그것도 한국에서 가장 부유층들이 거주한다는 강남 한복판이 물바다가 되어 속수무책이었다. 서울 한복판이 물바다가 될 줄을 누가 알았을까. 그동안 홍수가 나면 저지대나 생활환경이 열악한 사람들, 시골에 거주하는 사람들이 주로 피해자가 되었고 어려움을 겪었지만, 이번 경우는 달랐다. 모든 첨단 기술과 인력 동원을 신속하게 할 수 있는 한국의 서울 강남 한복판이 물바다가 되어 어려움을 겪었다.

그 와중에 강남지역 어느 아파트는 홍수를 피해갈 수 있었다. 화면에 잡힌 그 아파트의 모습은 생경했다. 도시 전체가 물바다가 되어 사람이 실종되고 자동차가 물에 휩쓸려 떠내려가고 전쟁을 방불케 하는 상황에서, 그 아파트는 안전했다. 이유는 아파트를 시공할 때 물을 방지하는 물받이 턱을 만들었다는 거였다. 아파트 지하 주차장은 저지대이므로 그대로 물바다가 되어 물에 잠길 수 있는 열악한 지대임에도 불구하고 주민 모두 안전하고 주차장도 안전할 수 있었던 이유는, 건물을 건축할 때 안전지대를 설계하고 시공을 했던 거였다. 한 사람의 판단과 미래를 내다볼 수 있는 예지의 힘이 이렇게 판이한 결과를 낳았다.

당장 눈앞에 보이는 현실적인 이익에 치중하고 내일을 보는 안목이 없다면 언제 어느 때 찾아올지 알 수 없는 이번 경우와 같은 홍수를 대비하고 대처할 방법이 없다. 내일을 볼 수 있는 안목이 있다는 것은 많은 사람을 살리는 일이다. 서울 강남 한복판에서 발생한 홍수는 벽 하나 사이로 천국과 지옥을 방불케 했다. 재난을 대비해 방어벽을 세웠느냐 그렇지 않았느냐의 차이는, 삶과 죽음의 차이만큼 간격이 컸다. 죽음의 계곡 데스밸리가 홍수로 물바다가 되었다. 사막이 잠겼다는 소식을 접하고 이런 일도 있구나 하는 생각에 말문이 막혔다. 사막에 홍수가 나다니, 정말 가능한 일인가. 이제 이후에 그 사막에 어떤 변화가 일어날지 궁금하다.

사막에도 강물이 흐르는 상황을 어떻게 받아들이는 것이 좋을까. 자연 질서와 생태계가 파괴되었다는 의미다. 좋은 상황이 아니다. 사막은 사막다워야 하고, 바다는 바다다워야 자연이 순리대로 질서 안에서 움직일 테다. 그 질서가 파괴되었다는 것은 앞으로 어디에서 어떤 이변이 발생할지 예측할 수 없는 불안한 상황에 노출되어 있다는 증거다. 홍수가 잦아들고 복구작업이 끝나면 조만간 데스밸리를 한 번 갔다 와야 할 듯하다. 천 년의 비밀을 끊고 자신의 신분을 노출하고 선언한 그 신비롭고 비밀스러운 얼굴을 대면하려다. 이제 지구촌 곳곳에서는 인간의 예측을 뛰어넘어 이전에 없었던 일들이 발생하고 있다.

전혀 예상하지 못한 상황에서 마주하는 현실적 반응은 다양하다. 사막의 깊은 계곡 데스밸리에 홍수가 있었다는 사실은 이제 더 이상 놀라울 것이 없는 일상이 되는 현실로 다가왔다.(2022.08)

시민권 인터뷰

물설고 낯선 땅에 도착해서 살아온 지도 어느덧 많은 시간이 흘렀다. 미국 땅에 정착하면서 오래전에 시민권을 취득하게 되었다. 오랫동안 망설이다 결론을 내렸다. 나와 아이들은 모든 절차를 거쳐 시민권 인터뷰를 마쳤다. 가족의 서류가 같이 접수되었는데 남편의 시민권 인터뷰 일정은 나오지 않았다. 마음조이며 몇 개월을 기다린 끝에 결국 남편도 인터뷰 일정이 나왔다. 시민권 인터뷰가 까다로울 것이라는 주변 지인들의 말이 있었지만 나는 왠지 마음이 평안했다. 남편이 인터뷰를 잘 마치고 기쁜 얼굴로 올 것 같은 생각이 들었다. 아침 일찍 나간 남편은 몇 시간 후에 집에 도착했다. 인터뷰에서 있었던 일을 얘기했다.

남편은 긴장을 많이 하고 인터뷰하러 들어갔단다. 뜻밖에도 준비해 간 질문들은 물어보지 않고 기본적인 몇 가지 질문만 하고 통과시켰다는 거였다. 인터뷰 담당 직원이 남편에게 상담 요청해서 상담을 해주고 왔단다. 그 직원은 남편과 인터뷰하기 전에 남편에 대한 정보를 입수하고 사전에 준비했던 것 같다. 남편의 직업과 남편에 대한 정보를 보고 자신의 마음을 털어놓을 상대가 필요했던 거였다.

그 직원은 남편과 인터뷰할 당시, 몇 달 전에 그 직원의 장성한 아들을 사고로 천국에 먼저 보낸 상태란다. 그 직원은 마음이 몹시 힘들어서 우울증에 시달리고 식욕 부진으로 몸과 마음이 힘든 상태였단다. 마침 시민권 인터뷰할 상대가 목사이고 여러 가지 상담을 한 경험이 있는 터라 자신의 마음을 털어놓고 말을 들어줄 상대가 필요했던 거였다. 그 직원의 말을 들어주고 남편도 많이 울었다고 한다. 시민권 인터뷰하러 갔다가 직원을 상담해 주고 함께 울고 온 사연은 흔하지 않은 일이다. 정말 생각지 못한 일로 인해 남편의 시민권 인터뷰는 아주 쉽게 통과되었고 시민권 선서식까지 마쳤다.

처음에 남편의 시민권 인터뷰 일정이 나오지 않았을 때는 많은 생각들로 마음이 복잡했다. 나와 아이들은 한 번에 인터뷰하고 무사히 통과되었는데 가장인 남편 시민권에 무슨 제동이라도 걸리면 어떻게 될지 마음이 편치 않았다. 몇 개월의 시간이 지나서 나왔지만, 오히려 더 좋은 상황 속에서 까다롭지 않고 순탄하게 통과되었다. 그 당시 시민권 인터뷰가 까다로워 통과되기 쉽지 않은 상황이었다. 그런 사연이 있는 직원이 인터뷰하고 직원이 상담 요청해서 상담까지 했다. 직원의 마음이 많이 회복되었다니 얼마나 감사한 일인가. 비록 온 가족이 인터뷰를 같이 하지 못하고 남편만 나중에 따로 했지만, 더 좋은 상황 가운데 통과할 수 있었다.

시민권 인터뷰를 준비할 당시에 미국의 역사와 정치를 공부하고 인터뷰를 준비하는 것이 쉽지 않았다. 남편은 미국에서 박사 학위까지 취득했는데 통과하지 못할 일이 없다고 생각했다. 우리가 예측할 수 없는 복병이나 변수가 있을 수 있으니 철저하게 준비하고 인터뷰에 응했다. 한국에서 미국 유학 준비할 때 9.11 사태가 발생한 직후였다. 미국 비자가 쉽게 나오지 않을 것이라는 주변 지인들의 염려에도 불구하고 우리 가족의 비자는 쉽게 나왔다. 그 당시 미국 대학원에서 3년 동안 공부할 학비와 4인 가족 생활비가 통장에 입금되어 있어야 비자가 나오는 상황이었다. 남편과 나는 영사관에서 요구하는 서류 중에 통장이 두 개가 있었는데 그중에서 가장 중요한 통장을 제출하지 않았다. 영사관에서 요구하는 통장은 손에 쥐고 있었고 다른 통장을 제출했다.

만약에 그것 때문에 통과가 되지 않는다면 유학을 가지 않기로 했다. 영사관 직원들이 서류는 하나도 확인하지 않고 우리 가족을 쳐다보고 서류에 그냥 도장을 찍었다. 그 영사관 직원들의 행동을 아직도 기억하고 있다. 영사관에서 인터뷰할 때 남편과 나와 아이들을 한 번 쳐다보고 아무것도 묻지 않고 서류에 합격 도장을 찍고 축하한다고 했다. 가장 결정적인 순간에 우리가 할 수 있는 것은 없었다. 하나님께 모든 것을 의탁했다. 그때마다 걸음을 인도하셨고 지금 이 순간까지 왔다.

우리는 때로 어떤 상황 앞에 놓일 때 그 당시는 왜 그런지 이해할 수 없고 깨달을 수 없을 때가 많은 듯하다. 시간이 지나고 나면 그때의 그 상황이 오히려 더 좋은 결과를 가져오는 것을 경험할 때가 있다. 모든 것을 합력하여 선을 이루시는 일들을 경험하게 된다. 그러니 지금 눈앞에 홍해가 놓여 있다고 낙심할 일도 아니요 높은 산이 가로막혔다고 절망할 일도 아니다. 홍해가 앞에 있으면 그 홍해를 건널 수 있는 길을 여실 것이고, 높은 산이 앞을 막고 있다면 높은 산이 평지가 될 수 있는 길이 있으리라. 그것도 아니라면 그것들을 피할 길이 있으리라. 그것 또한 아니라면 홍해든 높은 산이든 그 상황이 오히려 유익하지 않을까. 시간이 지나면 모든 것이 합력해서 우리 삶을 더 의미 있게 만들어 주리라.(2017.02)

특별한 졸업식

집 앞에 하이스쿨이 있다. 도로만 건너면 학교 정문이다. 이른 아침부터 들려오는 스피커 소리에 무슨 일인지 궁금해 밖으로 나갔다. 하이스쿨 졸업식 날이었다. 스피커폰을 통해 학생들 이름이 호명되는데 운동장이나 주차장 어디에도 졸업생들이 보이지 않았다. 정말 이상한 졸업식이었다. 무슨 상황인지 궁금해서 학교를 향해 시선을 고정하고 한동안 서 있었다. 운동장은 텅텅 비었고 주차장에는 차량 몇 대가 주차되어 있을 뿐이었다. 누가 봐도 졸업식장이라고 생각할 수 없었다. 사방을 둘러보았지만 졸업식이라고 생각할 만한 어떤 모습도 보이지 않았다.

시간이 지나면서 서서히 학교 정문으로 차들이 들어왔지만, 학생들은 차에서 내리지 않았다. 차 안에서 본인 이름을 말하면 학교 관계자가 졸업장을 건네주고 졸업생은 바로 주차장을 빠져나갔다. 그것이 졸업식 풍경의 전부였다. 졸업생들은 4년 동안 십대의 마지막을 보낸 시간을 오롯이 담고 있는 학교 교정을 밟아보지 못했다. 학교 정문에서 졸업장만 받아 주차장으로 빠져나가는 것이 그들의 하이스쿨 졸업식이었다. 코로나 사태로 학교에서 수업하지 않고 인터넷을 통해 비대면으로 수업을 했다. 학기를 마무리하고 이제 졸업식조차 '드라이브 스루'였다. 학교 주차장 앞에 경찰차 몇 대가 졸업식장을 지키고 있을 뿐이었다.

그 모습을 바라보고 있던 내 눈은 어느새 촉촉하게 젖었다. 젊은 십대 아이들의 아름다운 추억의 순간이 되어야 할 하이스쿨 졸업식이 저렇듯 초라하고 쓸쓸한 졸업식이라니 표현할 수 없는 안타까움이 앞섰다. 전 세계적으로 '사회적 거리 두기 행정 명령'이 시행 중이라 올해 2020년 졸업하는 모든 초 · 중 · 고 · 대학 · 대학원생 · 박사학위 취득자들 모두 졸업식을 할 수 없었다. 작은 아이도 올해 대학을 졸업했지만 졸업식을 치르지 못했다. 학교에서 우편으로 졸업장을 보내왔다. 그것을 받아들자 만감이 교차했다. 아들의 헛헛한 마음을 달랠 방법이 없었다. 특별한 졸업식이니 앞으로 더 좋은 일들로 보상받을 수 있으리라 믿으며 아들을 위로했다.

무엇이든 그 과정을 잘 마무리하고 다음 단계로 가야 마음에 어떤 아쉬움이나 미련이 남지 않는다. 이런 경우에는 어찌해야 할까. 누구도 예상하지 못했던 2020년 인류가 겪고 있는 이 초유의 사태를 말이다. 이 상황을 빠르게 인지하고 상황에 잘 대응하고 받아들여야 하지 않을까. 2020년 졸업생들은 아주 특별한 경험을 한 것이니 앞으로 장거리 마라톤 코스를 경주하면서 더 멀리

보고 더 많은 것을 보는 안목과 통찰력을 갖게 될 것이라고 위로해 본다. 그들의 앞길에 자양분이 되어 누구도 할 수 없는 일들을 감당하며 더 진지하게 지혜로운 안목으로 살아갈 수 있으리라. 불가항력적 상황에서 인간의 무능함을 처절하게 직시하고 전능하신 주님의 은혜를 구할 뿐이었다.

졸업은 그 과정에서는 마지막이지만 새로운 길을 향해 나가는 출발점이다. 졸업은 갈림길 선상에 놓여 있다. 마라톤 선수가 경기를 위해 출발 선상에서 신호를 기다리고 있는 모습과 같다. 인생의 마라톤 경주를 준비하고 앞을 향해 전력 질주하는 2020년 모든 졸업생에게 응원의 박수를 보낸다. 대학을 졸업하고 이제 장거리 출발 선상에 서 있는 2020년 모든 졸업생에게 파이팅을 외친다.

아들아! 파이팅! (2020.06)

운동장을 산책하며

집 앞에 하이스쿨이 있어도 그동안 운동장을 가보지 않았다. 코로나 이전에는 주차장에 차들이 빼곡하게 주차되어 있었고 학생들이 오가는 모습에 생기가 가득했던 교정이었다. 이제는 아무리 눈을 들어 살펴보아도 운동장과 주차장에 차 한 대 보이지 않는다. 학교 근처에 사람이 오가는 모습조차도 보기 어렵다. 학생들이 분주하게 오가던 학교 정문과 교실은 바람만이 교정을 지킬 뿐이다. 3년 전에 주차장을 새로 만들고 학교 건물을 증축해서 새 단장을 하고 활기가 넘쳤던 학교에 이제는 바람도 고요하고 햇살조차도 숨죽여 있다.

운동장 주변에 서 있는 가로등만이 텅 빈 운동장과 교실을 비춰주었다. 학교 주변에 있는 공원과 들에서 날아온 벌레와 나방들이 가로등의 불빛 아래서 날갯짓하며 주변을 맴돌았다. 벌레와 나방들도 무엇인가 하고 싶은 말이 있는 듯 보였다. 수많은 학생이 그들의 미래를 꿈꾸며 또래들과 웃으며 함께했던 공간들에는 이제는 공허한 기운만 맴돌고 있었다. 언제 다시 학생들이 그곳에 와서 공부하고 미래의 꿈을 키우며 생기 있는 모습으로 찾아 올지 알 수 없었다.

작년 봄에 학교 정원사들이 뿌려놓은 잔디 씨앗들이 눈을 뜨며 일어나던 그 모습을 아직도 기억하고 있다. 그때의 그 신선하고 신기했던 감동이 오롯이 남아 있다. 그 잔디밭을 들여다보았다. 잔디는 여전히 잘 자라고 있었다. 이발해 주어야 하는데 장발을 하고 있었다. 연둣빛 머리카락이 땅을 뚫고 푸슬푸슬 고개 들고 눈을 뜨던 새싹들의 그 모습을 잊을 수가 없다. 학교 정문에 들어오는 학생들을 제일 먼저 맞이하는 잔디정원이다. 잔디 주변을 감싸고 있는 팜파스그래스와 장미는 학생들이 언제 와도 반갑게 맞이할 준비를 하는 듯했다.

학교 운동장은 이제 동네 주민들의 산책코스가 되었다. 그것마저도 사회적 거리 두기 행정 명령 때문에 거리를 두고 경계하듯이 멀찍이 떨어져서 걸어야 하는 상황이다. 주차장 옆에 있는 테니스 코트장을 찾는 사람이 아무도 없다. 간간이 불어오는 바람과 벌레들이 그곳을 지킨다. 학교 주차장 옆에 단장하고 있는 정원에 여름꽃들이 소담스럽게 피어서 재잘거린다. 자연은 어김없이 자기 할 일을 하고 꽃들도 자기 영역에서 자신의 몫을 다하고 있다. 졸업생들이 떠나고 가을 학기에 새로 입학할 신입생들은 하이스쿨에 진학할 생각에 마음이 부풀고 행복해야 할 터인데 모든 것이 불투명하고 불확실한 상황에 있다. 모든 것의 근간이 흔들리고 있는 시대가 오고 있다.

사회적으로도 한치의 앞을 볼 수 없는 시대에 살고 있다. 교육계는 물론이고 모든 영역에서도 마찬가지다. 보이지 않는 바이러스 괴물이 우리 삶을 피폐하게 만들고 있다. 이제 코로나 이전의 상황으로 다시 돌아갈 수는 있을까. 사람들의 인식이나 가치관도 많이 달라지고 있다. 개인주의 성향은 더욱 심해진 듯하다. 사람들 사이에 정이 메말라 가고, 자기 것만을 챙기고 지키려는 '자기애 충만 시대'가 되고 있다.

다양한 차량으로 가득했던 주차장이 주민들의 산책로가 되었다. 텅 비어 있는 학교 교실들은 주인을 기다리고 있다. 우리 삶은 예측할 수 없다. 눈에 보이지 않는 바이러스 때문에 전 세계가 공포와 죽음 가운데 살아가야 하는 이런 상황이 올 줄은 아무도 예측하지 못했으리라. 학교가 폐쇄되고 모든 공공기관이 부분적으로 최소한의 업무만 시행하고 있는 이런 시스템이 될 줄을 누가 짐작을 할 수 있었을까.

바로 집 앞에 학교가 있어서 집 앞을 빠져나가려면 많은 시간이 소요되고 복잡한 상황 때문에 학교 앞에 사는 것이 불편한 점도 있었다. 하지만 이제 학생들을 볼 수 없으니 허전하고 학생들 모습이 그립다. 예전에는 평범했던 일상이 이제는 간절한 소망이 되었다. 학교의 빈 교실에 학생들로 가득 차고 운동장에 아이들이 북적거리고 주차장에 차들이 즐비하게 주차된 모습을 보길 원한다. 모든 것이 정상화 되려면 많은 시간이 소요되겠지만 속히 그 날이 오길 간절히 소망한다.

학교 운동장을 산책하며 우리 삶의 마지막 날의 모습이 어떨지 생각해 본다. 모든 것이 다 떠나고 홀로 남겨지는 순간이나 그런 상황이 온다면 어떨까. 텅 빈 운동장을 홀로 산책해야 할 그런 시간이 온다면 어떻게 할 수 있을까. 우리 각자는 그런 시간을 준비하며 살아야 하지 않을까. 이제 그런 시대가 도래했다.(2020.07)

이삿짐

이사를 준비 중이었다. 미니멀라이프를 선호하는 사람들이 증가하는 추세다. 최소한의 짐으로만 살아야겠다는 다부진 결심이 아니던가. 오랫동안 삶의 흔적이 담긴 정든 집을 떠나 새로운 곳으로 이사를 한다는 것은 쉽지 않았다. 미국에 와서 처음 정착했던 곳에서 5년을 지내다 지금 사는 도시에서 10년을 살았다. 이제 처음에 살았던 곳으로 다시 이사를 준비하고 있다. 인간에게는 회귀본능이 있다. 처음 미국에 와서 정착했던 곳이 그리워지고 그곳이 마치 고향 같은 착각이 들 때가 있다.

지금 사는 곳에서 오래 살았지만 마음의 고향은 늘 다른 곳에 있었다. 이곳은 내가 이방인 같은 느낌을 떨치기 어려웠다. 이 땅에 살면서 한 번 이사하려면 까다롭게 집을 구하는데 삶을 마무리하고 최종적으로 이사할 때의 모습은 어떨까. 영원한 하늘 본향 집을 사모하며 이사를 준비한다면 이곳에서의 삶을 무의미하게 살 수 없으리라.

순례자의 삶을 살다 언젠가 하나님 앞에 설 때가 올 터이다. 이곳에서의 모든 흔적을 뒤로하고 영원한 본향으로 이사할 때가 오면 무엇을 취하고 버릴 수 있을까. 이 땅에서는 이사할 때마다 이삿짐을 챙겨야 하지만 마지막 이삿짐은 챙길 필요가 없다. 그곳으로 갈 때는 아무것도 취할 수 없다. 이삿짐을 내려놓을 곳이 없다. 여행할 때마다 가방을 여러 개 챙겨가는 지인들이 있다. 가져간 짐을 다 쓰지 못하고 온단다. 나는 여행할 때 배낭 하나면 족하다. 최소한의 짐으로 가볍게 다녀야 여행의 묘미를 즐길 수 있다. 무엇보다도 이동할 때 번거롭지 않아 간편하고 좋다. 집도 이사할 것을 생각해서 짐을 최대한 가볍고 간편하게 정리하는 것이 좋다.

물건은 물건 그 이상의 가치를 담고 있다. 일본의 정리 전문가 곤도 마리에는 "누군가의 물건은 그가 그 동안 어떤 선택을 해 왔는지 정확히 말해줍니다. 정리는 나 자신과 조용히 마주하는 일입니다."라고 했다. 정리는 정리 자체의 문제가 아니다. 그 사람의 삶이 일부가 아니라 내면세계 상태와 삶의 전부를 보여준다는 의미다. 이 땅에서의 여정을 마치고 영원한 본향 집으로 이사할 때 미련 없이 가벼운 마음으로 떠나야 하리라. 이삿짐을 정리하면서 버리지 못한 것들에 대한 아쉬움과 회한으로 채워질 테다.

노마드의 삶이 몸에 배어야 하리라. 미처 정리하지 못하고 가져온 것들, 꼭 필요한데 잃어버리고 온 것들에 대한 미련으로 한동안 가슴앓이를 한 적이 있다. 오래전에 내가 직접 편집하고 제작한, 세상에 단 한 권밖에 없는 시집을 분실했다. 이삿짐센터 직원들이 쓰레기인 줄 알고 그냥 버린 거였다. 다른 짐은 다 정리하고 그 시집은 내가 따로 챙긴다고 컴퓨터 앞에 놓았는데 다른 원고를 출력한 것과 함께 버려졌다. 나로서는 어이없고 황당한 일이었다. 며칠 동안 잠이 오지 않았고 입맛도 없었다.

며칠이 지나고 마음이 가벼워지기 시작했다. 물론 아직도 아쉬움은 남아 있다. 지나간 일에 대해 집착하는 것은 어리석은 일이다. 그 일을 묵상하고 있으면 그 일이 나를 압도하고 장악해 지배할 것 같아 잊기로 했다. 그 일을 경험하면서 새로운 사실을 알게 되었다. 잊어버림의 가치, 잊어버렸는데도 충만해지는 어떤 기분! 세월이 가져다준 이 소중한 선물을 무엇과 비교할 수 있을까. 내가 10년 전만 해도 아니 5년 전만 해도 상상할 수 없는 일이었다.

바람을 맞으며 다듬어진 상흔은 나에게 소중한 선물을 안겨주었다. 스트레스를 조절하는 자아 탄력성이 생긴 듯했다. 무방비 상태로 받는 외부의 어떠한 공격에도 유연성이 생겨 충격을 흡수하고 넘길 수 있는 너그러움이 덤으로 생겼다. 시집과 원고 출력한 것은 잃어버렸을지라도 더 가치 있는 것을 선물로 받은 셈이다. 가치 있고 소중한 것조차도 내려놓을 수 있는 고즈넉한 마음을 이삿짐에 쌓아온 셈이었다.

이 땅에서 본향으로 이사할 때 우리는 아무것도 소유할 수 없다. 이삿짐 싸는 법을 잘 배워야 가볍게 이사할 수 있을 터이다. 먼 훗날, 삶을 마무리하고 본향 집으로 이사할 때를 위해 지금부터 잘 준비해야 하리라. 마지막 날에 아버지 앞에 섰을 때를 염두에 두고 매 순간을 산다면, 삶이 달라지리라.(2017.07)

서핑하는 사람들

한 해를 시작하며 집에서 가까운 실비치(Seal Beach)를 찾았다. 실비치는, 캘리포니아에서 은퇴자들이 살기 좋은 도시로 선호하는 곳이다. 평소와 달리 바닷가를 찾은 사람들이 많았다. 하늘과 마주하고 있는 수평선과 비췻빛 바닷물 위로 비상하는 갈매기 떼들, 하늘 공원을 한가롭게 산책하는 구름의 모습이 한 폭의 풍경화를 연상케 했다. 햇살이 물결 위에서 반짝이는 모습은 별들의 축제를 방불케 했다. 바닷가 초입에서 내 시선이 머문 풍경이 있었다.

서퍼들이 서핑보드 위에서 몸을 숙이며 파도를 기다리는 자세를 취하고 있었다. 서퍼들은 바람이 많은 날 바다를 더 찾는다. 파도가 크게 일수록 그 높이를 타고 오르며 서핑을 즐길 수 있는 최상의 상태이기 때문이다. 나도 서핑을 배우고 싶었지만 선뜻 행하지 못했다. 예측할 수 없는 파도의 움직임에 몸을 맡기고 순발력을 발휘하여 뛰어넘는 그 스릴감이 궁금했다. 그곳에 모인 사람들은 서퍼들을 통해 대리 만족을 느끼는 듯했다.

다른 날과 달리 서핑하는 사람들이 유난히 많았다. 그중에서 몇몇 사람들에게 시선이 고정되었다. 특별히 바다에서 몰려오는 거대한 파도를 기다리는 사람을 보았다. 파도의 움직임에 자신의 몸을 맡기고 파도의 높이를 타고 자유자재로 즐기는 모습에 시선이 집중되었다. 그 서퍼는 높은 산을 방불케 하는 파도가 서퍼를 향해 달려올 때, 몸을 굽히고 파도의 움직임을 잘 포착하고 너끈히 뛰어넘었다. 세상의 파도를 향해 집요하게 맞서 저항이라도 하는 듯했다. 파도는 포효하며 달려오는 짐승 같았다. 다른 서퍼들은 파도가 부서질 때 포말 속에 잠겨 몸을 일으켜 세웠다. 서핑하는 사람들은 많은 레저 중에 왜 서핑을 즐기는지 그 이유가 궁금했다. 서핑만이 줄 수 있는 그 무엇이 있기에 그들을 바다와 파도 앞에 머물게 하는 것이리라.

한동안 그곳에서 서퍼들을 바라보는데 서퍼들의 다른 모습을 보았다. 힘을 빼는 서퍼와 힘을 주는 서퍼로 나뉘는 묘한 풍경을 마주했다. 힘을 빼고 유연하게 파도에 몸을 싣고 파도를 타는 서퍼는 아무리 거대한 파도가 몰려와도 너끈히 넘었다. 다음 파도를 여유 있게 기다리는 태도까지 취했다. 힘을 주는 서퍼는 파도가 왔을 때, 방향 감각을 잃고 파도 속에 묻혀 몸을 일으켜세웠다. 몸을 세우기 전에 다음 파도가 몰려와 물속에서 허우적거리다 겨우 몸을 가누는 서퍼도 있었다. 파도와 몸이 하나가 되어야 하는 서퍼가 파도와 몸이 분리되어 파도를 두려워하는 상황이었다. 파도에 몸을 맡기고 힘을 뺀 서퍼는 바다에서 몰려오는 파도를 자유자재로 대처하고 마음껏 즐기는 반면, 힘을 주고 긴장한 서퍼는 파도에 매몰되어 방향을 상실한 채 비틀거리며 파도를 피해 물 밖으로 걸어 나왔다.

삶에서 힘 빼기는 아주 중요한 요소다. 내 힘으로 무엇을 하려는 마음을 내려놓고, 파도에 몸을 실어 맡기고 유연하고 자유롭게 파도를 넘어 서핑하는 서퍼처럼 삶의 다양한 파도를 타고 뛰어넘어 다스릴 줄 알아야 하지 않을까.

서퍼들은 자신을 엄습해 오는 어떠한 파도라도 맞설 의향이 있는 듯했다. 그 사람이 직면하고 있는 여러 가지 현실적인 문제들 앞에서 파도와 맞서 싸우며 자신을 극복하려는 의지의 표현이 아닐까. 파도를 피하는 사람들은 막상 현실과 직면했는데, 자신감이 저하되고 현실을 부정하고 싶은 마음이 강하게 표출되는지도 모른다. 자신의 한계를 극복하려는 강한 의지의 표현이거나 나약한 자신의 한계를 초월하고픈 내면의 강한 열망이 역행해서 표현되는지도 모른다. 이유가 무엇이든 서핑하는 것 자체로 자신들이 처한 어떠한 상황과 환경을 돌파하는 시도를 한다는 점에서 유사했다.

삶의 바다에서 마주하는 다양한 파도를 어떻게 대면해야 할까. 나의 의지와 무관하게 불가항력적인 상황 가운데 마주하는 파도 앞에서 무엇을 할 수 있을까. 때로는 파도의 방향과 높이를 간과하고 역류하다 파도 속에 침몰한 적도, 거대한 파도의 힘에 압도되어 방향을 상실한 채 바다에 표류한 때도, 저항할 수 없는 파도와 맞서 싸우려다 힘을 잃고 망망대해를 항해한 적도 있었다. 파도의 방향과 힘에 압도되지 않고 파도를 뛰어넘을 수 있는 비결이 무엇일까. 거대한 파도를 기다리던 그 사나이처럼 삶에서 마주하는 다양한 파도를 서핑할 수 있기를 갈망한다.

전 세계는 눈에 보이지 않는 바이러스와 힘겨운 투쟁을 하고 있다. 보이지 않는 적과의 전쟁이다. 어느 때, 어느 장소에서 적군의 포탄이 날아와 공격할지 알 수 없는 상황이다. 사람의 생명을 앗아가는 것뿐만 아니라 종교, 정치, 경제, 문화, 교육, 사회 전반에 걸쳐 거대한 파도가 일고 있다. 이 파도가 휩쓸고 간 이후의 세상은 어떤 변화가 있을지 예측이 불가하다. 개인이 마주하는 거대한 파도가 있겠지만, 국가와 전 인류가 함께 마주하는 파도 앞에 우리 각자는 어떤 마음을 취해야 할까. 개인이든 민족 공동체이든 어떠한 파도가 엄습해도 넉넉히 뛰어넘을 유연성과 순발력을 발휘할 수 있으면 좋으리라.

변화무쌍하게 다가오는 거대한 파도에 맞서 서핑할 사람이 누가 있을까. 파도에 휩싸여 암초를 만나면 방향 감각을 상실하고 침몰하게 될 테다. 파도를 너끈히 뛰어넘어 파도 이후에 마주할 잔잔한 바다를 소망하며 노를 저어야 하리라. 파도의 얼굴을 마주하는 것은 각자의 몫이다. 함께 마주해야 할 파도가 있고 홀로 마주해야 할 파도가 있다. 물살을 거슬러 호흡 조절하고 급물살을 잘 다스릴 줄 알아야 갑자기 포효하며 엄습해 오는 파도를 뛰어넘고 항해할 수 있으리라. 급변하는 삶의 망망대해에서 파도를 너끈히 뛰어넘어 자유롭게 서핑할 수 있는 서퍼가 되길 소망한다.(2021.01)

가을 호수

가을 산에 올랐다. 여름내 폭염 속에서 인내하며 수고한 산이 쉼을 얻고 있었다. 산책로는 여러 코스가 있었다. 남편과 나는 2마일 코스를 산책하기로 했다. 가지 않은 길에 대한 호기심이 있었지만, 초행길이라 무리하지 않는 것이 좋을 듯했다.

가는 길이 어찌나 아름다운지 깊이 물들고 있는 가을 풍경을 마음에 담았다. 단풍이 되기까지 단풍에 새겨진 바람의 양과 폭풍의 무게가 얼마인지 가늠조차 어려웠다. 가을 산이 낙엽으로 붉게 타고 있었다. 삶의 단풍잎을 다양하게 물들이며 굽이굽이 협곡을 지나 가을 골목에 서 있다. 마음 골짜기에도 어느새 단풍이 물드는 듯했다. 가을 계곡물에 물감을 풀어놓은 듯 계곡 곳곳에 단풍 빛이 스며들었다. 지나온 여정 동안 그 빛깔들은 많은 흔적을 품고 다양한 단풍 빛으로 물들었다. 내 가을은 어떤 빛깔로 채색될까.

산책로 초입에서 호수를 마주했다. 호수는 가을 산의 모습을 온전히 비추었다. 가을 호수의 느낌은 색다른 얼굴이었다. 모든 것을 다 품고 고즈넉한 모습으로 인생을 관조하는 듯했다. 너무 과하지도, 모자라지도 않은 그 모습이 잔잔한 감동으로 남았다. 호수는 바다처럼 파도를 일으키지 않았다. 바람이 불어오고 폭풍우 몰아쳐도 늘 한결같은 얼굴로 자신의 모습 그대로를 품고 있었다. 계절이 깊어가는 만큼 호수도 깊은 속내를 드러내는 듯했다. 호수 안에 평화롭게 헤엄치는 청둥오리 몇 마리가 먹이를 구하려고 호수에 부리를 박고 있었다.

몇 년 전에 타호호수(Lake Tahoe)에 갔다. 미국에서 가장 깊은 호수는, 깊이가 593미터인 크레더 호수이다. 타호호수는 두 번째 깊은 호수로 깊이가 501미터에 이른다. 캘리포니아와 네바다주의 경계선에 있다. 타호호수를 처음 대면했을 때 경이로움에 압도되었다. 호수가 어찌나 크고 넓은지 보는 위치와 각도에 따라 천의 얼굴을 하고 있었다. 새벽 호수를 보았을 때 호수 수면에 솜털같이 앉아 있는 안개의 풍경에 시선이 정지되었다. 타호호수의 새벽안개와 주변의 풍경들은 한 폭의 동양화를 연상케 했다. 그토록 웅장하고 압도적인 호수였지만 그 곁에서 나를 비춰보고 들여다볼 여유를 갖지 못했다. 외적인 요소들에 압도당해 다른 것은 생각할 수 없었다. 가을 산을 오르며 만난 호수는 그 곁에서 내 모습을 비춰보고 여유롭게 산책할 수 있는 풍경이었다.

그리스의 신화에 나오는 잘 생긴 미소년 나르시스는 제우스의 양을 치는 목동이었다. 어느 날 목이 말라 물을 먹으려고 잔잔한 호수에 엎드리게 되었다. 그 물속에 너무 아름다운 사람의 얼굴이 들어 있었다. 소년은 자신의 얼굴을 한 번도 본 적이 없으니 그 모습이 자기의 모습인지도 몰랐다. 나르시스는 그 모습에 반해 양떼를 지키는 것도 잊고 물속만 바라보았다. 그 모습을 본 제우스 신이 자기의 양을 제대로 돌보지 않는 것에 화가 난 나머지 그 소년을 꽃으로 만들었다. 그 꽃이 수선화란다. 사람이 거울 앞에 오랫동안 서서 자신의 얼굴에 도취해 자만하고 자기애가 충만한 사람을 나르시시스트라고 명명하는 것도 여기서 유래되었다. 자신의 내면을 밝히 들여다볼 수 있는 사람은 자기 성찰을 회피하지 않는다. 비록 충돌이 일어날지라도 정직하게 직면한다. 나르시스처럼 자아 도취할 일이 아니다.

호수 가까이 발길을 옮겼다. 바람이 찾아와 호수에 잔잔한 파동이 일었다. 그곳에 어떤 낯선 얼굴이 흔들리고 있었다. 낯이 익은 듯하면서 낯선 모습이었다. 호수에 비친 낯선 사람이 나에게 말을 건네는 듯했다. 가을 호수를 산책하며 자화상을 마주했다. 가을빛을 담고 있는 호수는 삶을 여유롭게 관조하는 얼굴이었다. 과하거나 모자라지 않게 세월이 담아낸 만큼, 시간이 빚어낸 만큼 성숙하고 무르익은 표정이었다.

내 삶의 이정표를 닮은 가을 호수는 어떤 얼굴로 나를 맞이하고 비춰줄 수 있을까. 가을 호수는 산을 품고 고즈넉한 모습으로 계절의 깊이를 맛볼 수 있는 풍경이었다. 푯대를 향한 경주는 비록 더딜지라도 속도와 무관하게 언젠가는 완주할 날이 있을 테다. 산책자는 무거운 짐 없이 가벼운 모습으로 산책하는 것이 최상의 모습이다. 산책로에서 굽은 길도, 돌밭도, 사막도 만날 수 있으리라. 내 삶의 가을에 비추어질 모습을 가늠하며 호숫가를 산책한다.(2017.09)

내가 뿌린 씨앗

미국 생활 초창기에 몇 년 동안 한국학교에서 한인 2세들에게 한국어를 가르쳤고, SAT(Scholastic Assessment Test) 대학 입학시험 지도를 했다. 전교생이 500여 명, 교사가 50여 명이었다. 이곳에서 태어나 한국과 문화와 언어가 다른 환경에서 자라는 아이들이었다. 일생에서 중요한 시기에 한국학교에서 한국어와 문화, 정서를 배우며 간접적으로 한국을 배웠다. 2세들에게 한국어를 가르치는 일은 사명감이 아니면 감당하기 어려운 일이었다.

많은 학생 중에 지금까지 생각나는 여학생이 있다. 홀어머니와 지내는 아이였다. 그 아이 생일날, 내가 만든 카드와 작은 선물을, 반 아이들은 직접 쓰는 축하 글을 전해 주었다. 그해 수업이 다 끝나고 종강하는 날, 그 아이는 나에게 마음이 담긴 선물과 카드를 건네주었다.

"선생님! 제 생일 때 세상에서 가장 소중한 선물을 받아서 너무 행복했어요. 지금까지 제 생일날 그렇게 좋은 선물을 받아 본 적이 없어요. 저는 선생님을 잊지 못할 거예요. 선생님도 저를 꼭 기억해주세요."

그때 그 아이는 질풍노도의 시기를 겪을 때였다. 학교와 가정에서 힘든 시기를 겪고 있을 때, 한국학교에 와서 나와 친구들과 보내는 그 시간이 너무 행복하다고 했다. 내가 왜 한인 2세들에게 한글 교육을 해야 하는지 사명을 재확인하는 시간이었다. 이곳에서 자라는 한인 2세들에게 한글 교육은 그 이상의 가치가 있다. 그 아이는 그 이후로 어떻게 자라고 있는지 알 수 없지만, 그런 심성과 정서를 갖고 자라는 아이라면 지금쯤 어디에선가 코리안 아메리칸의 분명한 정체성과 자부심을 품고 살아가고 있으리라 믿는다. 하나님께서 왜 그동안 한국학교에서 아이들을 만나며 귀한 시간을 보내게 하셨는지 많은 생각을 하게 되었다.

얼마 전에 그 아이와 같은 반에서 가르쳤던 학생의 부모님을 우연한 장소에서 만났다. 나는 그 당시에 일주일에 한 번씩 학부형들에게 전화해서 아이들 상황을 묻는 안부 전화를 했다. 목소리로만 통화하던 학부형과 오랜 시간이 흐른 뒤 만난 거였다. 그 학부형은 나를 보고 반가워하며 많은 지인이 모인 장소에서 나를 칭찬해 주었다. "제 아이들이 이곳에서 태어난 2세인데, 덕분에 한글을 제대로 배워서 한국말을 잘 합니다. 박 선생님은 정말 좋은 선생님입니다." 그 말에 나는 몸 둘 바를 몰랐다.

내가 SAT를 지도하던 학생들 가운데 에세이를 특별히 잘 쓰는 학생이 있었다. 학생 어머니는 피아니스트였고, 아버지는 작곡과 교수였다. 학생은 부모님의 기대에 부응하기 위해 늘 강박증세가 있었고 심적 부담을 많이 갖고 있었다. 그 학생이 쓴 에세이를 보고 마음과 생각을 글로 잘 표현하는 특별한 재능이 있으니 재능을 잘 살리면 좋겠다고 했다. 그 학생의 부모님께도 말을 전했다. 그 이후로 아이의 눈빛이 달라졌고 수업 태도도 적극적으로 바뀌었다. 수업 시간에 손톱을 물어뜯는 증세와 눈을 깜빡이는 틱 증세도 어느 순간 사라진 것을 발견했다. 그 학생은 그 이후로 에세이 대회에서 여러 차례 우승했다.

내가 오늘 뿌린 씨앗이 먼 훗날 어떤 열매로든 나타난다는 사실을 마주하며 많은 생각에 잠겼다. 만약, 내가 그때 그 아이들에게 최선을 다하지 못하고 좋은 교사가 아니었다면, 시간이 지난 뒤 학부형들을 만났을 때 나를 어떤 교사로 기억하고 있을까. 그 자리에서 얼마나 어색하고 서로 불편한 관계가 되었을까 생각하니 아찔한 생각이 들었다. 오늘 내가 어떤 마음으로 어떤 씨앗을 뿌리는가에 따라 언젠가 그 열매가 나타나리라. 썩어질 씨앗을 뿌리면 썩어질 열매를, 생명의 씨앗을 뿌리면 많은 사람을 세우고 살리는 생명의 열매를 맺게 되지 않을까.

그동안 내가 미국에 와서 한국학교에서 만난 아이들과 학부형들이 많이 있다. 인생의 한 여정에서 잠시 만난 그 만남이 서로에게 어떤 영향이든 미쳤으리라 생각된다. 나 자신에게 부끄럽지 않은 시간이었다. 아이들과 학부형들에게도 최선을 다한 시간이 감사하다. 앞으로도 무엇을 하든 나로 인해 회복되고 세워질 사람들을 위해 이 순간도 생명의 씨앗을 뿌린다.

내 삶의 중요한 시기마다 주변에 좋은 스승들과 지도자들이 있었다. 그분들의 칭찬과 말 한마디가 모여 지금의 나로 형성된 요소로 작용했음을 부인할 수 없다. 내가 무심코 하는 한마디 말이 한 사람의 삶에 어떠한 영향을 끼치는지 인지하고 말을 해야 하리라. 삶의 굽이굽이 협곡을 지날 때 나를 일으켜 세우는 말 한마디가 치료제가 되지 않을까. 누구를 만나 어떤 영향을 받는지에 따라 그 사람의 일생에 많은 변수가 작용할 테다. 내가 자라면서 부지불식간에 받은 사랑을 나도 모르는 사이에 아이들에게 흘려보내는 통로가 되고 있었다.(2012.05)

가버나움

몇 년 전에 관람한 영화 한 편이 마음에 잔잔한 파문을 일으켰다. 레바논 출신 나딘 라바키 감독의 작품 〈가버나움〉이다. 이 영화는 한 인간으로서 최소한의 인권을 보장받지 못하고 살아가는 사람들을 중심으로 디아스포라 난민들의 삶을 조명하고 국제 사회에 알리는 사회고발 영화다. 레바논과 프랑스의 합작으로 제71회 칸영화제에서 심사위원상을 수상했다. 제72회 영국 아카데미, 제91회 미국 아카데미, 제76회 골든글로브 등 여러 영화제에 외국어영화상 후보에 오르기도 했다. 특히 미국 아카데미영화제의 외국어영화상 후보에 오른 첫 레바논 영화라는 점에서 의미가 깊다.

이 영화의 배경이 되는 레바논은 제2차 세계대전 이후 1944년에 독립한 나라다. 정부가 보수세력과 아랍 민족주의 색채가 강한 급진적 이슬람교도의 두 세력의 대립 위에 세워짐으로써 안정을 잃고 혼돈 가운데 있다. 이 영화가 다른 영화와 다른 점은 연기를 처음 하는 일반인을 캐스팅했다는 점이다. 주인공 소년 자인 역을 맡은 알 라피아는 시리아 난민 출신으로 레바논에서 팔년 거주했다. 여동생 자인 역의 하이타 아이잠은 베이루트 거리에서 껌을 팔던 아이였다. 법정에서 판사 역을 맡은 인물은 영화 제작 당시 실제로 레바논의 수도 베이루트의 현직 판사다. 극중에서 자인의 변호를 맡은 변호사는 감독인 나딘 라바키가 직접 맡았다. 자인이 가출해서 우연히 만난 라힐은 에디오피아 출신으로 실제로 불법 체류자다. 인물들을 실제 배역에 맞게 캐스팅하고 영화를 제작했다는 점에서 실재감을 높였다 할 수 있다.

이 영화는 '본인을 태어나게 한 죄'로 자신의 부모를 고발하는 장면으로 시작된다. 자인의 입을 통해 영화 제작 당시 베이루트 하층민들의 삶이 조명된다. 국제 사회와 주변인들에게 철저히 외면당한 채 살아가고 있는 난민들의 처절한 악순환의 이야기다. 레바논의 최하층 거주지이며 난민들이 대거 유입된 도시와 난민들과 불법 체류자들의 빈민 동네를 배경으로 한다. 자인이 부모를 고소하는 장면이 전개된 이 영화는 마지막 장면에서 고소 원인에 대해 자기주장을 하는 장면으로 마무리된다. 자인의 눈을 통해 사회의 아픔을 외면하지 않고 그들의 존재를 증명하려는 감독의 의도가 잘 드러난다.

영화 도입부에 주인공 자인이 레바논의 수도 베이루트 재판에 출석하기 위해 법정에 서는 장면이 나온다. 열두 살 소년 자인은 생존을 입증할 서류가 하나도 없었다. 그 아이는 자신의 존재를 증명할 수 있는 어떠한 법적인 근거가 전혀 존재하지 않은 채 살아왔다. 자인은 출생신고 서류 한 장 없었지만 이 사건으로 자신의 존재를 세상에 알리는 계기가 되었다. 감독은 모든 약자의 목소리를 주인공 자인의 시선을 통해 입증한다.

감독은 영화에서 그 사회 기성세대에게 부모로서의 무책임과 인간의 기본적인 생존 권리와 생명의 소중함에 대한 본질적인 질문을 던진다. 어린 자인의 입장에서 마주하는 커다란 성벽 같은 사회 구조와 한 인간으로서의 갈등이 잘 드러난다. 자인이 무엇인가 응시하는 듯한 그 예리한 눈빛은 그동안 살아오면서 겪은 삶의 모든 애환이 다 녹아 있는 듯하다. 그것은 한 아이, 아니 한 인간이 세상을 향해 응시하는 눈빛이다. 감독은 약자인 어린아이의 시선으로 그 부분을 잘 포착해 내었다. 거리 곳곳에서 방황하는 어린 난민들을 방관하는 어른들과 타인의 아픔을 묵인하는 사회 현상을 고발하는 감독의 의도가 마음에 잔잔하게 남았다.

이 영화가 상영되던 시기에 세상에 큰 충격을 던져준 사건이 하나 있었다. 튀르키예의 지중해 해안가에서 주검으로 발견된 어린아이 쿠르디 사진과 동영상은 전 세계를 움직이는 동력이 되었다. 난민들이 목숨 걸고 지중해를 건너 유럽과 세계 곳곳에 흩어지는 상황에서 국제 사회는 그들에게 문을 닫고 있었다. 그 결과, 어린아이들을 비롯한 수많은 생명이 지중해에 목숨을 내어줄 수밖에 없었다. 쿠르디의 사건을 계기로 난민들을 위한 유럽의 문이 낮아지는 도화선이 되었다. 시기적으로 가버나움 영화와 어린 쿠르디의 죽음을 통해 난민들의 아픔을 외면하는 국제 사회를 깨우는 시발점이 되었다.

주인공 소년 자인 역을 맡은 알 라피아와 여동생 자인 역을 맡은 하이타 아이잠은 실제 법적으로 존재하지 않는 아이들이었다. 칸영화제 참석 일주일 전까지 영화에서처럼 실제로도 자신들의 존재를 증명할 서류가 없었다고 한다. 결국, 이 영화를 통해 출생증명서를 받은 셈이었다. 나단 라바키 감독과 제작진은 〈가버나움〉 재단을 설립해 영화에 출연한 아이들과 가족들에게 지속적인 후원을 하고 있다.

감독은 이 영화를 통해 인간 본질에 대해 우리 각자에게 질문을 던진다. 이 영화는 하나의 주제만을 제시하지 않고 다각도에서 많은 질문을 던진다는 점이 특이하다. 각자의 위치에서 바라보는 시선에 따라 다양한 해석이 가능하다. 우리의 정체성과 신분이 무엇인가. 너무 가슴 아픈 현실의 부조리함도 언젠가는 끝이 올 것이다.(2017.11) ***텍사스 크리스천뉴스(TCN) 2023년 11월 칼럼**

사랑을 놓고 간 사람

초인종 소리에 현관문을 열어보니 아무도 없었다. 문 앞에 비닐 봉지에 싸인 무엇인가 보였다. 궁금해서 열어보니 김치가 들어 있었다. 주위를 둘러보았지만 아무도 보이지 않았다. 고맙다는 인사를 하고 싶지만 대상을 알 수 없으니 어찌하나. 그때 잠시 스치는 얼굴이 있었다.

그즈음에 나는 교통사고를 당해 치료를 받으러 다니는 상황이었다. 집안일도, 음식 만드는 일도 힘들 때였다. 그랬으니 그 김치는 말로 다 표현할 수 없는 반가운 선물이었다. 가게에서 한 것이 아니라 손으로 직접 담근 것을 들기 좋게 포장까지 한 거였다. 뚜껑을 열자 침샘을 자극하는 냄새와 빨갛게 숙성되어 가는 빛깔이 나를 압도했다. 김치에 반한다는 것이 무엇인지 알 듯했다. 배추김치와 총각김치, 파김치에 동치미까지 골고루 들어 있었다. 김치마다 정갈하고 깊은 맛을 품고 있었다.

한국 서울에서 사역할 때 교회 사택에 살았다. 교회가 대학가 근처에 있어 대학부에 청년들이 많았다. 서울 청년들도 있었지만 지방에서 서울로 올라와 자취하는 청년들도 꽤 있었다. 그 자취생들이 우리 집에 오면 마음껏 식사하고 갈 수 있도록 항상 밥과 음식을 넉넉히 준비했다. 권사님들이 그 사실을 알았는지 김치를 담가서 우리 집 현관 앞에 놓고 가곤 했다. 어느 날 초인종 소리가 나서 문을 열었는데 사람은 없고 봉지에 싸인 것이 보였다. 안으로 들여와 봉지를 열었다. 봉지 안에 두 개의 커다란 김치통이 있었다. 그 안에서 나를 반기는 것은 식욕을 자극하는 배추김치와 총각김치였다. 작은 메모가 김치통 위에 붙어 있었다. '청년들이 자주 오는데 이 김치를 먹이세요.' 그 글자를 읽는 순간 알 수 없는 물방울이 내 볼을 타고 흘러내렸다. 미국에서도 그런 사랑을 받으니 오래전 한국에서 있었던 그 일과 오버랩되었다.

내 집 앞에 김치를 가져다 놓은 분. 그분은 치매로 고생하는 시어머님 병간호를 하고 살면서도 이웃을 위해 온갖 힘든 일들을 마다하지 않는 권사님이었다. 많은 말을 하지 않아도 미소 하나로 주변 사람들의 마음까지도 훈훈하게 만드는 분이었다. 봉사하고 섬기면서 시끌벅적하게 하고 나아가 자신의 공치사를 하는 사람들이 종종 있는데 그 권사님은 그런 이들과는 전혀 달랐다.

그 후 나는, 그 권사님께 감사 인사를 제대로 드리지 못하고 남편이 목회 장소를 옮겨 다른 도시로 이사하게 되었다. 아쉬운 미련을 남기고 이사한 지 몇 년의 시간이 지났다. 어느 날 지인과 약속이 있어 로스앤젤레스 한인타운에 나갔다. 그곳에 있는 한인 마트에서 그 권사님을 만났다. 한두 발짝만 엇갈려도 서로 만나지 못할 지점에서 극적으로 마주쳤다. 어찌나 반갑던지 서로 안고 한동안 말 없는 시간이 흘렀다. 그 침묵 속에는 그동안의 그리움과 말하지 못했던 감사의 마음이 담겨 있었다. 권사님은 전과 다르게 많이 야위었다. 이마의 잔주름은 그간의 삶을 말해주듯 잔잔한 파동을 일으켰다. 치매로 고생하던 시어머님이 소천했다는 얘기를 꺼내면서 눈시울이 붉은 노을빛으로 물들어 갔다. 오랫동안 마음을 표현하지 못하고 그리움과 감사의 마음을 묻어둔 채 시간이 흐른 뒤 우연한 장소에서 마주했다. 그 침묵 속에 담긴 감격과 기쁨의 무게는 측량할 수 없었다.

김치는 묘한 매력이 있다. 김치를 담그는 과정에서 멸균하지 않은 재료들을 배합해 만들어지는 과정이 놀랍다. 김치를 오래 두어도 썩지 않는 이유가 궁금했다. 그 이유는 유산균 때문이다. 김치 1그램당 200종의 유산균이 있단다. 최근 연구에서 항균 작용을 하는 페닐 젖산이 발견되어 더 연구 중이라고 한다. 김치에 곰팡이균과 식중독균을 억제하는 효능이 있다고 한다.

어떤 온도에서 요리하고 숙성하는지에 따라 김치 맛이 다르다. 4도에서 6도 사이에서 일주일 되었을 때, 1그램당 1억 마리의 유산균이 발효된단다. 염도가 높으면 유산균이 죽는다고 하니 얼마나 예민하고 민감한 일인가. 발효 과정에서 생성되는 대사 물질들이 유산균을 생성한다. 김치는 배추의 종류에 따라 맛과 발효 상태가 다르다고 한다. 대사 물질에서 맛이 바뀌고 미생물에 따라 맛이 다른 이유란다.

발효는 미생물에 의해 음식물이 분해되어 원래의 맛이나 냄새와는 전혀 다른 새로운 물질로 변화되는 현상이다. 발효는 우리 마음에서도 꼭 필요한 필수 조건이다. 마음에 적정 온도가 유지되지 않으면 부패하고 만다. 마음 온도가 적절하게 유지되지 않으면 어찌 될까. 최상의 온도에서 흘러나오는 향기는 주변 사람들을 아름답게 세워 가는 위력이 있다. 그런 사람들은 주변을 따뜻한 온기로 어루만지는 힘이 있다. 음식이 부패하면 그곳에서 해로운 물질이 생기지만 발효가 되면 우리 몸에 이로운 물질이 생기는 이치와 같다.

권사님이 베푼 사랑을 떠올리면 나도 모르게 행복한 미소를 머금게 된다. 그 사랑이 숙성된 김치 맛처럼 마음 깊이 스며든다. 발효된 김치 맛처럼 그 권사님의 섬김과 사랑의 향기가 흘러가고 있다. 김치의 발효 온도처럼 사람의 마음도 발효가 된다면 많은 이들을 이롭게 하지 않을까. 마음 온도를 숙성시키는 최적의 발효 상태를 점검한다. 최상의 온도가 조성될 때 마음 정원에서 계절에 맞는 다양하고 조화로운 꽃을 피워 내리라. 김치의 발효 온도처럼 계절이 무르익어 간다. 조만간 김치를 담가야겠다.

(2014.07)

제5부

난민과 함께

이스탄불에서 만난 시리아 난민 가정

튀르키예 내에 거주하는 중동지역 난민들은 그 수를 헤아릴 수 없을 정도였다. 난민 문제는 더 이상 아랍국가나 튀르키예 내에 한정 지을 수 없는 국제적인 이슈로 거론되는 상황이었다. 튀르키예의 정치, 경제, 문화의 중심지인 이스탄불은 이슬람의 종주국으로 그 면모를 더해갔다. 화려한 도시 문화는 콘스탄티노플 시대를 재생시키는 듯한 착각에 빠져들게 했다. 세속주의와 이슬람 문화의 혼합으로 혼돈 그 자체였다. 이스탄불은 시리아 난민뿐 아니라 디아스포라 난민들 인구가 집중되어 있는 곳이다. 도시의 현란한 문화와 난민들의 이질적인 풍경이 이스탄불의 현주소였다.

나와 일행이 길을 걷는데 행인들의 발밑으로 움직이는 것이 보였다. 어린 소녀가 길에 누워 있었다. 화려한 장미의 그늘에 가려진 작은 들꽃을 보는 듯했다. 그 소녀에게 다가가는 사람이 아무도 없었다. 각자 자기 갈 길을 가고 있을 뿐이었다. 나와 일행은 소녀에게 다가갔다. 말을 건넸지만 의사 소통이 되지 않았다. 그 짧은 순간 그 소녀의 눈빛으로 모든 것을 말하고 있었다. 우리는 소녀에게 돈과 음식을 주려고 했다. 그 순간 주변을 지나가던 튀르키예인들이 만류했다. 그 아이는 항상 거기에 있는 아이이고 우리가 도와준다고 해결될 일이 아니니 신경 쓰지 말고 갈 길을 가라는 거였다. 이스탄불 거리 한복판에 누워 있는 시리아 난민 어린 소녀의 모습에서 튀르키예 내에 거주하는 난민들의 실상을 읽을 수 있었다.

2011년 3월 시리아 내전이 시작된 이후로 세계 곳곳에 흩어진 민족의 수는 민족의 대이동 수준이라 해도 과언이 아니다. 내전이 시작되자마자 시리아에서 튀르키예로 온 가정을 만났다. 가족은 부모님과 자녀들 아홉 명을 합해 모두 열한 명이었다. 네 살과 여섯 살 남자아이 둘을 제외하고 모두 시리아에서 낳고 기르다 튀르키예로 온 상황이었다. 지금 그 자녀들의 나이는 열 살부터 스물네 살이었다. 그들은 튀르키예어도 아랍어도 잘 구사하지 못했다. 그들이 시리아를 나온 이후로 교육을 받아본 적이 없다는 거였다. 지금 십대 후반의 자녀들은 그들이 열 살 전후에 시리아에서 왔다. 그 이후로 그들의 삶은 그 시절에 머물러 있었다.

그 집의 안주인은 우리를 위해 음식을 준비했다. 그들은 잘 먹지 않는 귀한 음식을 우리에게 대접했다. 많은 말을 하지 않아도 서로의 정이 오고 가는 시간이었다. 인종이나 문화, 언어를 초월해 사람들 사이에 오고 가는 정은 동서고금을 막론하고 같은 마음이었다. 그 가정에 있는 아이들은 학교에 가지 못하는 상황이었다. 가장 큰 언니가 집에서 동생들에게 아랍어 알파벳을 가르치고 있었다. 우리는 그 아이들에게 영어와 숫자, 그림과 노래를 가르쳐주었다. 여자아이 두 명이 하트를 그린 흰 종이를 나에게 수줍게 건네주고 내 옆에 앉았다.

그 가정을 나와서 이스탄불 시내를 걸었다. 그 집에서 조금만 벗어나니 이스탄불 시내 중심가였다. 이스탄불 대학가 거리는 화려했다. 그곳에서 다시 5분 정도 걸어 들어간 골목에 난민들이 거주하고 있었다. 그 골목길을 빠져나와 우리 일행의 시선이 흘러간 광경이 있었다. 한 살쯤 되어 보이는 여자아이가 과자 봉지를 한곳에 모아 놓고 다 쏟아 내는 거였다. 그 아이를 집중해서 관찰하게 되었다. 왜 그런 행동을 반복해서 하는지 바라보았다.

시간이 지나도 그 아이를 돌봐주는 사람이 없다는 것을 알게 되었다. 아이에게 다가가 웃어주며 놀아주고 있는데 골목 아이들이 모이기 시작했다. 한 시간 정도를 그렇게 보내고 있는데 아이의 엄마로 보이는 여인이 나타났다. 우리에게 손짓하고 집으로 들어오라는 거였다. 환기가 되지 않고 어두운 방으로 들어갔다. 방 한 칸에 여러 가족이 살고 있었다. 햇볕이 들지 않는 어두운 집에서 아이들 세 명과 부부와 친척이라는 청년이 살고 있었다. 그 가족들과 많은 대화를 나누고 아쉬움을 뒤로 하고 발길을 옮겼다. 돌아서는 우리를 바라보며 눈물을 훔치고 서 있던 아이들의 모습이 어른거린다.

다음 날, 아랍지역 난민 아이들 초청 잔치에 백여 명의 아이들이 왔다. 난민 아이들을 위해 1일 캠프를 개최했다. 방문한 도시에서 가능한 곳은 어디든 캠프를 개최했다. 가는 곳마다 난민 아이들에게 가장 시급한 문제는 교육이었다. 그들을 가르치고 양육할 사람들이나 기관이 없어 아이들은 집안에 방치되어 있었다. 언어와 인종을 초월해 하나 되었던 아이들의 눈망울이 잊히지 않는다.

인류 역사의 흐름은 불가항력적 상황에서 변곡점을 지날 때 새로운 역사가 시작되었다. 지금 난민들의 이주 상황에 따라 유럽과 중동지역, 튀르키예와 주변 국가들의 정세가 달라지고 있다. 난민들의 이동으로 인구 분포도가 달라졌다. 시리아 난민을 비롯한 세계 여러 곳의 디아스포라들은 전 세계 인류에 어떤 변화를 줄지 예측하기 어렵다. 어쩌면 이들 난민들로부터 새로운 역사가 시작되고 있는지도 모른다.

우리는 그들을 난민이라 부르지만, 그들은 역사의 한복판에서 한 흐름의 획을 긋고 있는 것이리라. 난민들의 삶은 이 땅 어디에도 안식할 수 없고 마음 둘 곳 없는 나그네 삶의 모습이 아니던가. 난민들의 모습은 우리 삶의 본질을 마주할 수 있는 자화상인 듯했다. 내가 특별히 디아스포라 난민들에게 마음이 가는 것도

아마 그 때문일 것이다. 그들에게도 언젠가 안식이 있길 갈망한다.(2018.08)

I 도시에서

튀르키예 이스탄불 공항에서 한 시간가량 비행한 후에 I 공항에 도착했다. I 공항에서 짐을 찾는데 짐이 보이지 않았다. 가방을 찢고 짐을 빼려다가 나와 눈을 마주친 현지인이 가방을 놓고 빠르게 공항을 빠져나갔다. 짐 안에 있던 봉사활동 준비물 일부를 분실했다. I 도시는 신약 성경 요한계시록에 기록된 아시아 일곱 교회 중 하나인 서머나 교회가 있었던 곳으로, 튀르키예 5대 도시 중 세 번째로 큰 도시다. 예전과 다르게 전 세계적으로 겪고 있는 팬데믹 상황으로 거리를 오가는 행인들은 드물었지만, 밤이 되니 음식점마다 인산인해를 이루었다.

I 도시의 거리마다 곳곳에 걸어 다니는 커다란 개들을 쉽게 마주할 수 있었다. 개에 대한 트라우마가 있는 나로서는 그리 반가운 상황은 아니었다. 개를 피해 다른 길로 돌아가는 일이 반복되었다. 튀르키예에 가기 몇 개월 전에 목줄이 없는 개의 갑작스러운 공격으로 큰 부상을 당해 정신적, 육체적으로 많은 치료와 회복의 시간이 필요했다. 지금도 그때 개 사고로 신장 기능 저하와

이명 등 후유증으로 고생하고 있다. 어느 개들은 집단으로 우리 일행을 계속 따라와 공포심과 두려움마저 들게 했다. 어느 때는 경찰의 도움을 요청했다. 그 개들과 매일 아침저녁으로 마주하며 숙소를 가야 했다. 거리에 있는 개들은 정부에서 관리하는데 사람을 공격하거나 물지 않도록 관리를 한단다. 정부에서 그런 개들에게 귀에 기계를 장치해서 관리하고 있단다.

그 말을 듣고 조금 안심이 되었지만, 내 허리까지 닿는 커다란 개들이 몇 마리씩 걸어 다니거나 달려오는 모습을 볼 때마다 심장이 두근거리고 손에 땀이 났다. 그런 개들의 모습을 하루에도 몇 차례씩 3주 정도 보니 내 안에 있던 트라우마 증세가 어느 정도 약해졌다. 그 당시 내가 가장 두려워했던 대상을 튀르키예까지 가서 또 마주해야 하는 상황이었다. 오히려 나에게는 개에 대한 트라우마를 극복할 수 있는 계기가 되었다. 하지만 나는, 아직도 개가 무섭다. 누구에게는 좋은 벗이 될 수 있는 개가, 누구에게는 지울 수 없는 트라우마로 남아 고통 가운데 있다는 사실을 간과하는 사람들이 있다. 개인적인 취향을 일반화해서 사람들 대부분이 개를 좋아할 것이라는 생각은 옳지 않다. 누군가에게는 공포와 두려움의 대상이다.

I 지역 일정 마지막 날에 간 곳은 순교자들의 무덤이 있는 에베소 지역이었다. 다섯 명의 현지 청년들이 목사님과 개종한 현지 청년들을 결박하고 구타하며 칼로 150여 차례 이상을 찌르고 습

격했다. 그것도 모자라 청년들 앞에서 목사님의 내장을 꺼내 그것을 들어 올리며 이래도 크리스천으로 남을 거냐고 협박을 했다. 그 순교하신 목사님은 사모님과 어린 자녀들을 둔 가장이었다. 다음날, 그 사모님은 방송 인터뷰에서 그들의 하는 짓을 알지 못한다고, 그들을 용서한다고 말했다. 시신을 수습할 상태도 아니었고 너무나 처참한 모습인데 그들을 용서한다는 거였다. 그 순교의 피가 헛되지 않기에 지금 그 땅에서 피어나는 믿음의 씨앗들이 이제 곧 그 땅을 덮으리라 믿는다.

그곳에 묻힌 순교자들의 묘지를 탐방하며 그분들이 겪었을 그 고통의 무게를 잠시나마 묵상해 보았다. 비록 육신은 만신창이가 되어 형체를 찾아보기 힘든 상태였지만, 그 영혼이 주님을 만날 때 얼마나 감격스러웠을까! 누구나 결단할 수 있는 길이지만, 누구나 갈 수 없는 순교의 길을 가신 순교자의 핏값이 그 땅에 흐르고 있다. 무거운 발걸음을 옮겨 장소를 이동했다.

에베소에서 두란노 서원에 갔다. 사도바울이 초대교회 성도들에게 성경을 가르치고 양성했던 곳으로 알려진 서원은 특별히 다른 장소와 온도 차가 났고 서늘했다. 무더운 여름 날씨에 그곳에서 잠시 땀을 식히고 시선을 돌렸다. 서원에서 발길을 돌려 걷는데 인류 최초의 광고문이라 하는 광고를 보았다. 돌판에 새긴 그림과 신호로 광고 역할을 했다니 신기할 따름이었다. 곳곳에서 숨 쉬고 있는 신앙 선조들의 눈물과 피가 어린 유적을 탐방하며 많은 상념에 잠기는 시간이었다.

3주 동안 봉사활동을 마치고 새벽 일찍 I 공항으로 향했다. 지인이 남편과 나를 픽업하러 우리 숙소로 왔다. 함께 지냈던 일행들과 인사를 하고 공항으로 출발했다. 8월인데도 I 도시의 새벽 공기가 신선했다. 공항으로 가는 풍경을 시선에 담아두었다. I 도시에 갈 때는 무거운 가방 네 개를 가지고 갔는데, 집에 올 때는 작은 가방 두 개뿐이었다.

출국 절차를 위해 공항 안으로 들어갔다. 이스탄불 공항과 달리 I 공항은 조금 한산했다. 그럼에도 불구하고 코로나 시대에 많은 사람이 국제선을 이용해 이동하는 모습은 대동소이했다. 튀르키예에서 미국행을 위해 국제선을 이용하는 튀르키예인들이 의외로 많다는 사실에 새삼 놀랐다. 이스탄불행 비행기에 탑승하기 위해 공항에서 오랫동안 기다렸다. I 도시를 방문한 동안 예상하지 못한 복병을 마주하고 경험했다. 나와 남편이 다시 그곳에 오기를 기다린다는 그곳 아이들을 남겨두고 오는 발걸음이 가볍지 않았다. 다시 만날 것이니 작별 인사는 하지 않겠다는 아이들의 목소리가 귓가에 맴돌았다. 3주 동안 지낸 모든 시간이 스쳐 지나갔다.(2021.08)

에게 해협을 지나며

튀르키예 I 도시를 둘러싸고 있는 에게 해협을 지났다. 남편과 나는 3주 동안의 봉사활동을 마치고 출국 전날 지인의 안내로 길을 따라나섰다. 튀르키예는 대중교통 카드로 모든 교통수단을 이용할 수 있는 시스템이 정착돼 있었다. 멀리서 바라만 보던 에게 해협을 마주했을 때 잠든 세포들이 살아나는 듯했다. 지인의 배려로 생각지 못한 선물을 받았다. 눈으로만 보던 에게해의 풍경과 달리 가까이에서 여객선을 타고 해협을 지날 때는 느낌이 달랐다. 그 도시는 지상에서 버스를 운행하듯 수상에서도 여객선을 자주 운항한다고 했다.

여객선이 검푸른 파도 위로 지날 때마다 해협을 감싸는 바람이 시원했다. 해협 반대편을 바라볼 때는 다른 나라에 온 듯한 착각을 하게 했다. 보이지 않았던 풍경이 가까이에서 바라보았을 때 많은 것이 새롭게 다가왔다. 여객선에 동승한 튀르키예의 젊은이들과 그 풍경을 함께 보았다. 강 건너편과 맞은편의 생활 모습과 풍경이 달랐다. 해협을 둘러싸고 있는 도시는 맞은편과 달리 집

값이 두 배이고 생활 수준도 다르다는 거였다. 한국 서울의 강남과 지방 소도시의 차이처럼 느껴졌다. I 도시에서 해협을 건넜을 때는 거리마다 젊은이들로 인산인해를 이루었다. 첨단 기술도 튀르키예의 다른 도시에 비해 눈에 띄게 달라 보였다.

바닷가에서 낚싯대를 걸어놓고 한가롭게 낚시를 하는 사공들도 눈에 띄었다. 그곳에서 즉석에서 요리해 판매하는 상인들도 보였다. I 도시는 초대교회 때 해협을 끼고 있는 상업도시로 무역이 발달했다. 늘 물건을 사고파는 사람들로 붐비는 곳이었다. 차도르나 히잡을 쓴 사람들을 찾아보기 어려울 정도로 그 도시는 개방적인 분위기였고 인구 대부분이 젊은이들이었다.

현지 지인의 권유로 튀르키예 최초의 엘리베이터를 탑승할 기회가 있었다. 문은 자동이 아니라 수동이었고 10층 건물 정도의 높이로 지어졌다. 그 엘리베이터를 탑승하고 에게해가 보이는 야외에서 해협을 바라보며 대화를 나누었다. 8월의 무더운 기후였지만, 멀리서 날아온 에게해 바닷바람이 우리 일행의 땀을 씻겨주었다. 튀르키예 현지인 부부가 우리 바로 옆 테이블에서 음료를 마시며 해협에 시선을 던졌다. 그들은 우리와 눈이 마주치면 시선을 회피했다. 시종일관 침묵하며 상념에 잠긴 듯했다. 우리는 에게해를 남겨두고 그곳을 떠나왔다.

전에 튀르키예에 몇 차례 방문했을 때와 많이 달라 보였다. 코로나 이전과 이후의 모습이 달라질 수 있다는 사실에 새삼 놀랐다. 지인이 남편과 나에게 야경을 보여주고 싶다고 해서 그곳에 갔는데 출국 전에 공항에서 코로나 검사를 해야 하는 상황이라 공항으로 갔다. 아쉽지만 야경은 보지 못하고 발걸음을 돌렸다. 해협을 지나는 여객선을 타고 다시 에게해를 지났다. 다홍빛 노을이 에게 해협 품 안에서 깊이 잠들었다. 에게 해협 야경을 보지 못하고 돌아오는 발걸음이 무거웠다. 튀르키예의 첨단 기술 대부분이 I 도시의 에게 해협 주변에서 이루어진단다. 그 나라의 젊은이들과 인재들이 그 도시로 몰려들고 젊은이들이 일순위로 취업을 원하는 곳이 에게 해협 인근의 IT 계열 회사란다.

해수면과 지면의 경계가 거의 없는 에게 해협의 파도가 넘실대며 우리 발을 잡으려고 따라왔다. 해협 근처 잔디밭 위에는 나들이 나온 가족들과 연인들로 북적였다. 그들은 저녁 풍경을 즐기고 있었다. 아치형으로 장식된 장미꽃이 해협 주변을 현란하게 물들였다. 푸른 파도와 다채로운 빛을 품은 장미의 조화는 잘 갖춰 입은 신사의 양복 같았다.

공항을 가기 위해 지하철역을 찾았다. 지인의 안내대로 갔는데 지인이 생각한 방향이 아니었다. 한 시간 삼십 분 정도를 걸어서 지하철을 찾았다. 골목길을 걸으며 예상하지 못한 다양한 사람들과 풍경을 접할 수 있었다. 그 시간조차도 헛된 시간이 아니었다. 오히려 우리 일행을 위해 준비된 시간 같았다. 지하철로 삼십 분

가량 가서 I 공항에서 내렸다. 밤 아홉 시 이후에 코로나 검사를 하고 다시 지하철을 이용해 숙소로 향했다. 숙소에 남아 있는 일부 팀원들을 위해 다음 날 아침 식사를 준비해 놓고 출국준비를 했다. 고단한 하루였지만 다양한 사람과 풍경을 접할 수 있는 시간이었다. 같은 도시 안에서도 이질적인 풍경 속에서 살아가는 삶의 다채로운 모습이 마음에 남았다. 팬데믹이 한창인 튀르키예의 I 공항으로 가는 길은 멀고 험난했다. 나에게 많은 말을 건네준 에게 해협의 풍경을 오롯이 간직하고 비행기에 탑승했다. 편혜영 작가가, 프리스 쉬베리의 작품 〈저녁의 구애〉에서 영감을 얻어 작품을 썼다는 「저녁의 구애」가 떠오르는 풍경이었다.(2021.08)

지중해의 쿠르디

하늘빛을 닮은 바닷가 모래 위에 파도와 얼굴을 마주하고 홀로 누워 있는 어린아이는 누군가의 손길이 필요해 보인다. 봉오리인 채 피지도 못하고 세상의 거대한 바람과 파도에 밀려 낙화한 어린 꽃잎. 이념과 편견, 국제 사회의 무관심이 어린 쿠르디를 죽음으로 몰고 간 것일까. 혹시 바다에서 놀다 잠이 든 건 아닐까, 또는 누군가 버리고 간 인형이 아닐까 하는 생각은 그저 일시적인 위안일 뿐, 아이는 끝내 눈을 뜨지 않았다.

이 사진은 2015년 9월에 튀르키예의 해안가에 싸늘한 주검으로 떠밀려 온 시리아 난민 아이 아일란 쿠르디의 모습이다. 이 사진이 공개되고 전 세계는 큰 충격에 빠졌다. 모래 위에서 영원히 깨지 못할 긴 여행을 떠난 그 모습은 냉소적이고 비인도적인 국제 사회의 반응과 결과다. 지중해의 파도조차도 거부하는 난민들의 현실은 냉혹했다. 쿠르디가 정착할 곳은 이 땅 어디에도 없었던 것일까. 쿠르디의 작은 머리에 떠밀려 오는 저 파도의 물결은 마치 "나도 너를 거부할 수밖에 없어. 너를 받아 줄 곳은 아무 데

2015년 9월 튀르키예 해안가에서 싸늘한 주검으로 발견된 세 살 시리아 어린이 '아일란 쿠르디' 사진

도 없어." 하는 것만 같다. 지중해의 파도에 떠밀려 주검으로 발견된 쿠르디의 사진은 외면당하고 소외당하는 난민들의 현실과 실상을 보여주는 단면이다.

쿠르디와 그 가족을 외면하고 난민 수용을 거부했던 국제 사회의 민낯과 수치가 드러나는 사건이었다. 시리아 내전의 원인은 여러 가지가 있겠지만, 그 모든 고통의 결과는 오롯이 시리아 국민의 몫으로 남았다. 특히 연약한 여인들과 아이들에게 고스란히 남겨졌다. 최소한의 인권도 보장받지 못하고 삶과 죽음의 처절한 갈림길에서 끝내 죽음을 맞이하고 차가운 주검으로 발견된 쿠르디의 모습은 참담함 그 자체였다. 이 사진이 공개되면서 난민들에게 유럽의 국경을 열어주는 도화선이 되었다.

중동 지역의 분열 사태 이후 세계 곳곳에 흩어진 난민의 실태는 보고된 것 그 이상이다. 현재 튀르키예 내에 거주하는 난민은 500만으로 보고되고 있다. 그중에 시리아 난민이 360만으로 집계되고 있지만, 비공식적인 통로로 유입된 인원까지 합하면 그 수치를 훨씬 넘는 상황이다. 튀르키예에 많은 난민이 집중되는 이유가 여러 가지가 있겠지만, 지리적 위치가 큰 몫을 차지한다. 유럽과 아시아의 연결고리인 튀르키예는 지리적으로 매우 중요한 위치에 있다. 쿠르디의 죽음 이후로 유럽과 튀르키예에서 난민들에 대한 정책이 다소 완화되었지만, 난민들에게는 여전히 넘지 못할 거대한 성벽이며 건너지 못할 지중해의 수심처럼 깊고 먼 현실이다.

한국의 난민지원 피난처 대표의 말에 따르면, 세계 난민 분포는 6,500만 명이라고 한다. 이것은 작년 상반기 기준이고 현재는 7,000만 명에 달한다. 아프리카에 30%, 중동에 30%, 유럽과 아시아에 40% 분포돼 있다고 한다. 한국은 1992년에 난민 협약에 가입했고 1994년에 수용을 시작했다. 한국에 난민을 신청한 인원은 38,169명인데 비해서, 난민으로 인정하는 인원은 825명에 불과한 실정이다. 한국은 1991년, 제네바에서 이미 148개국이 가입한 난민보호협약에 동참하였다. 난민보호협약은 1951년에 만들어졌다. 협약 33조 1항에는 강제소환을 금지하는 내용이 들어 있다. 6개월 안에 난민 심사를 거쳐 합법한지 여부를 결정한다. 심사하는 동안 최저 생계비 기준으로 1개월에 43만원을 지원하고 있다.

2011년 3월에 시작된 시리아 내전 이후로 시리아 난민들의 삶은 상상 그 이상이다. 시리아 내전으로 인한 가장 큰 피해는 어린아이들이다. 그들은 스스로 무엇을 할 수 있는 힘이 전혀 없는 상태다. 세상의 힘에 의해 억압되고 무고하게 희생당할 수밖에 없는 상황 속에 살아간다. 쿠르디의 사진은 어린아이의 죽음을 넘어 세상의 거대한 구조의 파도에 밀려 힘없이 죽어가는 연약한 약자들의 상징으로 보인다. 거대한 파도에 의해 억압받고 살아가는 이 땅의 모든 난민의 실상과 현주소를 적나라하게 보여주고 있다. 난민들의 참혹한 현실에 누가 시선을 돌리고 마음을 열어줄 것인가. 저 모습이 내 아이의 모습, 내 손주의 모습, 내 가족의 모습이라면 어떨까.

작년 여름에 중동 지역 디아스포라 난민들을 만나고 왔다. 특히, 난민 아이들을 많이 만날 기회가 있었다. 곳곳에 다니면서 만난 난민들의 삶은 너무도 처참했다. 여덟 살 아이들이 하루 열두 시간 노동해서 가족을 부양하는 상황이었다. 폭탄테러로 자기들의 눈앞에서 부모 형제가 죽어가는 모습을 마주한 아이들은, 트라우마에 시달려 불빛이 없으면 잠을 이루지 못한단다. 폭탄테러로 인해 다리 한쪽이 잘려나간 청년은 남아 있는 한쪽 다리에 쇠를 박아 두었다. 그러고는 치료를 받지 못해 그 다리는 검붉은 색을 띠고 있었다. 2차 감염이 우려되는 상황이었지만 병원에 가는 것은 불가능했다. 생후 9개월 된 아이는 엄마의 마른 가슴에서 모유가 나오지 않자 끝내 방바닥에 있는 흙을 파서 입에 넣고 울었다.

쿠르디의 죽음은 난민에 대한 인식조차 없었던 전 세계 사람들을 깊은 잠에서 깨어나게 하는 위력이 있었다. 지중해의 아름다운 풍경 뒤에 놓인 아픈 현실을 아는 이들에게 지중해는 더이상 낭만의 바다로 기억되지 않을 것 같다. 쿠르디의 사진은 오직 한 가지를 조명한다. 이 땅에서는 어디에도 머리 둘 곳 없는 난민들의 절망적인 현실이다. 비록 불편할지라도 진실을 마주해야 하는 이 시대를 사는 모든 세대, 모든 민족에게 전하는 어린 쿠르디의 작은 외침이 아닐까. 쿠르디의 지중해가 난민들에게 다시 낭만의 바다로 다가올 날이 속히 이르기를 갈망한다.

난민들을 만나고 온 뒤로 몇 달 동안 잠을 이룰 수 없었다. 그들의 눈빛이 오래도록 떠나지 않았다. 지중해 파도에 밀려 차가운 바닷가 모래 위에 얼굴을 묻고 누워 있는 사진 속 쿠르디의 모습이 지워지지 않는 것처럼.(2016.10)

우르파에서 만난 사람들

튀르키예 이스탄불 공항에서 두 시간 남짓 비행해서 우르파 공항에 도착했다. 입국 수속을 마치고 공항 밖으로 나왔다. 고층건물 사이 행인들의 발걸음과 소음 속을 뚫고 내 눈에 포착된 장면이 있었다. 빠른 속도로 움직이는 행인들의 발밑에 어떤 물체가 보였다. 여덟 살 전후로 보이는 시리아 난민 아이들이었다. 여자아이들과 남자아이 몇 명이 같은 자세로 누워 있지 않은가.

나와 일행은 가던 길을 멈추고 한동안 서서 그 아이들과 시선을 마주했다. 어린아이들이 화씨 120도를 넘나드는 팔월의 땡볕에 뜨거운 열기를 담고 있는 아스팔트 위에 흐드러지게 누워서 행인들에게 구걸하고 있었다. 우르파는 튀르키예에서 기온이 가장 높은 지역이다. 게다가 그날은 기온이 더 높은 날이라니 얼마나 무더울지 가늠할 수 있으리라. 누구도 그 아이들에게 다가가는 사람이 없었다. 그것이 일상이라는 듯이 아무런 반응 없이 그저 스쳐 지나갔다. 화려한 도시 문화와 난민 아이들의 이질적인 모습이 우리의 발걸음을 멈추게 했다.

우리 일행은 그 아이들에게 다가갔다. 말을 건넸지만, 의사소통이 되지 않았다. 외지인에 대한 경계심을 갖은 듯했다. 말을 하지 않고 시선을 회피했다. 그 짧은 순간 그 아이들의 눈빛으로 모든 것을 말하고 있었다. 누구도 관심을 갖지 않고 시선을 주지 않는 거리 한복판에 누워 있는 시리아 난민 아이들의 모습 속에서 튀르키예 내에 거주하고 있는 난민들의 아픔과 현주소를 알 듯했다.

며칠 후, 다른 지방을 다녀온 후로 그 도시를 다시 방문했다. 그 아이들은 며칠 전에 누워 있던 그 모습으로 같은 위치에 그대로 누워 있었다. 곳곳에 다니면서 만난 난민들의 삶은 너무도 처참했다. 공기가 잘 통하지 않는 지하에서 열 시간 이상 힘든 일을 하며 가장 역할을 하는 어린아이들이 많았다. 걸어 다니는 골목마다 창문에서 우리에게 손을 흔들며 호기심을 보이는 아이들도 있었다. 그 아이들의 모습이 오래도록 잊히지 않는다. 그들의 눈빛에 담긴 작은 갈망을 느낄 수 있었다. 그들은 무엇을 갈망하는 걸까.

2011년 3월 시리아 내전 직후 시리아에서 튀르키예로 온 가정을 만났다. 아이들을 모두 시리아에서 낳고 기르다 튀르키예로 온 상황이었다. 그들은 시리아를 나온 이후로 교육을 받아본 적이 없다고 했다. 학교를 다닐 수 없다고 한다. 그들의 정신적, 지적, 정서적인 성장은 그 시절에 정지되어 있었다. 전쟁의 결과는 국민의 삶을 송두리째 앗아갔다. 그들의 잃어버린 세월은 그 누구도 보상해 줄 수 없었다. 나와 일행은 어린 자녀들에게 짧은 시간이었지만 할 수 있는 교육을 했다. 그들의 초롱초롱한 눈에서 빛이 났다.

이틀 후, 그 가정을 다시 방문했다. 아이들을 다시 보고 싶은 마음에 발길이 떨어지지 않았다. 이스탄불로 돌아가기 전에 마지막 방문이었다. 우리 일행은 그 집을 다시 찾았지만 낯선 도시에서 한 번 갔던 길을 잘 기억하기란 쉽지 않았다. 전날 밤에 그 가정에 있는 열 살과 열한 살 여자아이 둘이서 내 꿈에 나타났다. 예쁜 옷을 입고 미소 지으며 나를 바라보아서 나는 잠에서 깼다. 그 집을 재방문하려고 갔을 때 처음 발길이 머문 곳이 바로 그 집 앞이었다.

그 집 아파트 입구에 발을 딛고 계단을 올라가려는 순간이었다. 계단 위에서 어떤 발소리가 났다. 순간, 그 집 아이들이길 기대하며 떨리는 마음으로 몇 발자국을 더 걸었다. 그 가정의 두 딸 아이가 쓰레기를 버리러 계단으로 내려오고 있지 않은가. 우리 일행은 감격해서 그 아이들을 끌어안았다. 눈에 맺힌 물방울로 눈앞에 희미했다. 그 순간에 그 아이들을 만나지 못하고 발길을 돌렸으면 어찌했을까. 그 아이들은 물론이고 집안 식구들이 우리를 환대하며 반갑게 맞아주었다. 안주인과 다른 아이들도 집에 있었다. 일하러 나간 가장과 큰 아이만 보이지 않았다.

그 집의 안주인은 우리를 위해 음식을 준비했다. 그들은 잘 먹지 않는 귀한 음식을 우리에게 대접했다. 나는 내 앞에 놓인 음식을 그 집 아이들에게 주었다. 그 모습을 본 안주인은 마음 쓰지 말고 먹으라고 손짓으로 말했다. 많은 말을 하지 않아도 서로의 마음을 알 수 있는 시간이었다. 그들의 마음을 이해하고 처한 상황을 들어주며 함께해 준 우리에게 고맙다며 눈물을 지었다. 그들은 거주증을 발급받아 정부에서 허가한 지역을 벗어날 수 없어 활동이 제한적이었다.

거주증을 발급받기 위해 K국에서 가족들 모두 피난해서 튀르키예로 온 20대 청년을 만났다. 거주증을 발급받으려고 변호사에게 전 재산을 맡겼는데 사기를 당해 온 가족이 갈 곳이 없는 상황이었다. 그 청년과 가족들은 불체자 신분으로 감옥에 갔다는 안타까운 소식도 접했다. 내가 만난 난민들은 고난을 겪으면서도 희망을 잃지 않았다.

그 아이들과 잠깐 시내라도 가고 싶었지만 자유롭게 외출할 수 없는 상황이라 아쉬웠다. 내가 만난 이방인들 가운데 시리아 난민들처럼 온순하고 맑은 사람들은 보기 드물었다. 그 가족들과 헤어져 나오는 발에 무거운 돌을 매단 듯했다. 아이들이 우리와 헤어지는 것이 섭섭한지 눈물을 글썽였다. 우리는 아쉬운 마음을 뒤로한 채 인사를 나누고 집을 나왔다. 그 가정을 나와 우르파 공항으로 향했다.

이른 새벽인데 아랍국가에서 몰려든 인파로 공항 내부는 북적거렸다. 곳곳에 히잡과 차도르를 쓴 여인들이 분주하게 움직이는 모습이 눈에 띄었다. 그곳에서 만난 사람들의 눈빛과 표정이 어른거린다. 우르파에서 마주한 난민들의 삶을 보며 많은 생각에 잠기는 시간이었다. 저마다 삶의 무게를 짊어지고 고단한 광야를 걷는 그들에게도 언젠가 따스한 봄 햇살이 가득 내려앉길 소망한다.(2018.08)

부르사의 젊은이들

나와 일행은 튀르키예의 부르사에서 머물게 되었다. 부르사는 튀르키예의 5대 도시 중 하나로 인구 밀집 지역이다. 대학도 많고, 젊은 층과 중산층이 많이 거주한다. 튀르키예를 몇 차례 방문했지만 처음 간 부르사에서 많은 풍경을 마주했다.

부르사 시내에 있는 어느 공원에 갔다. 그곳에서 처음 만난 튀르키예 여인들과 어린아이들의 그 눈빛과 순수한 모습을 잊을 수 없다. 어느 여인은 우리와 잠시 대화를 나누다 헤어졌는데 우리 일행이 보이지 않을 때까지 손을 흔들며 눈물을 훔치고 있었다. 어느 골목에서 만난 사람들은 우리에게 차를 대접해 주고 친절하게 길을 안내해 주었다. 일곱 살 남자아이는 영어 선생님과 우리를 연결해 주기 위해 먼 길을 걸었다. 그 선생님에게 우리를 안내해 주고 쑥스러운 표정을 하며 어디론지 사라졌다. 그 선생님이 근무하는 초등학교에서 많은 아이를 만났다.

학교 앞에 있는 카페에서 많은 남성이 커피를 마시며 여가를 즐기고 있었다. 히잡을 쓴 여인들이 가족들 먹거리를 준비해 길목길로 들어가는 모습이 보였다. 남성 중심 사회의 튀르키예에서는 여인들이 마음 놓고 외출하거나 이성들과 대화할 수 없는 문화다. 남성은 남성끼리, 여성은 여성끼리 대화를 할 수밖에 없는 단절된 사회다. 열여덟 살 미만의 아이들과도 대화할 수 없었다. 다만, 부모님을 동반한 아이들은 가능했다.

부르사 시내를 걸어 다니다 버스를 탔다. 도로를 경계선으로 삶의 모습이 확연하게 구분되는 마을에서 내렸다. 튀르키예 부르사 사람들의 삶을 엿보기 위해 다양한 골목길을 걸었다. 어느 마을에 도착했을 때 묘한 느낌이 들었다. 타임머신을 타고 여행을 하는 듯한 착각에 빠졌다. 사람들의 표정, 옷차림, 식생활, 주거 환경, 세대별 연령 차이, 아이들의 표정, 학교 교육 환경 등이 달라서 다른 나라에 온 듯했다. 너무 상반되는 마을 이미지가 우리 일행의 발길을 멈추게 했다. 우리는 그곳에서 골목을 거닐다 그 마을에서 지방으로 가는 버스를 탔다. 차창 밖으로 보이는 부르사의 4월 들판은 초록빛으로 수를 놓은 듯 초원을 연상케 했다. 들판이 어찌나 푸르고 맑은지 시선을 빼앗기고 말았다.

어느 시골 마을에서 내려 골목길을 걸었다. 외지에서 음식점 맛을 알 수 없으면 손님이 많은 곳을 가면 맛을 보장받을 수 있다. 골목길을 지나가다 손님들로 북적거리는 음식점으로 들어갔다. 케밥과 화덕에 구운 피자를 먹었다. 역시 손님들의 입맛을 배신

하지 않았다. 그곳에서 나와 재래시장이 있는 마을로 갔다. 그 마을에서 먹은 초르바는 지금도 가끔 생각난다. 아프가니스탄에서 왔다는 젊은 청년이 서빙을 하며 한국문화에 대해 질문을 해서 많은 대화를 나누다 나왔다. 따스하게 내려앉은 4월의 햇살이 모습을 감추고 어스름이 마중 나왔다. 골목길에서 놀던 아이들은 저녁 시간이 되어 점점 그 모습을 감추기 시작했다. 우리는 잠시 공원에 앉아 있었다. 숙소를 미리 정하지 않고 출발한 지방 도시라서 숙박할 곳이 없었다. 튀르키예에는 가는 곳곳마다 흡연하는 자가 많았다. 그 공원에도 흡연자가 많았다. 우리 일행은 익숙하지 않은 낯선 풍경들 속에서 낯선 사람들의 다양한 표정을 마주했다.

그때, 어디선가 우리를 보았는지 어느 여인과 아이들이 우리 곁으로 다가왔다. 우리는 튀르키예어로 인사를 주고받고 서로를 소개했다. 그 여인은 경찰에 전화해 외부인을 초대해 숙식해도 되는지 신고하고 허가를 받았다. 그녀는 우리에게 자기 집으로 가서 하룻밤 자고 쉬어가라고 했다. 우리는 뜻밖의 호의에 감동을 받고 그녀의 뒤를 따라갔다. 그녀가 우리를 그녀의 집으로 안내했다. 그 가정은 그 도시에서 중산층의 삶을 살고 있었다. 일반 서민들의 삶을 들여다볼 수 있는 계기가 되었다.

그녀와 그녀의 남편은 쿠르드족이 많이 거주하는 유럽 쪽에 거주하다 지금의 장소로 이주해서 정착했단다. 그곳은 테러도 많이 발생하고 잦은 분열로 인해 사회적으로 불안정한 상태라 좀 더 안전한 곳으로 옮겼다는 것이다. 그녀의 남편은 가구 회사에 근무한단다. 그녀는 남편과 다섯 명의 아이들과 지내고 있었다. 일부다처제가 법적으로 허용되는 튀르키예지만 그 가정은 일부일처제 가정이었다. 우리가 그 집에 도착했을 때 아이들이 학교에서 돌아온 시간이었다.

어스름이 몰려오고 땅거미가 지기 시작했다. 그녀는 우리에게 저녁을 준비해 정성스럽게 대접했다. 튀르키예 가정집에서 대접받는 첫 식사였다. 튀르키예 문화와 식생활을 알 수 있는 전통 식사였다. 소금에 절인 올리브와 페르시안 오이, 토마토, 삶은 달걀, 다양한 잼 종류, 크림을 곁들여 먹을 수 있는 부드러운 빵, 치킨 카레, 식도를 타고 부드럽게 내려가는 초르바, 튀르키예의 요구르트인 아이란 등 다양한 음식과 디저트가 나왔다. 자정이 지날 때까지 끊임없이 차이(튀르키예의 차)가 나왔다. 식사 후에 대화를 나누다 아이들과 게임하는 시간이 있었다.

낯선 땅에서 처음 만난 가족들과 몇 시간 만에 하나가 될 수 있다는 사실이 놀라웠다. 매일 만나서 식사하는 관계처럼 어느새 친근해졌다. 그 도시에 코리안이 온 것이 처음이고 동양인도 처음이라고 했다. 우리를 반갑고 신기하다는 듯이 맞이해 주었다. 아이들은 밤새도록 게임을 하고 싶은 모양이었다. 지칠 줄 모르는 그들의 체력 앞에 우리는 항복하고 말았다. 자정이 지나고 새벽이 되었는데 동네 사람들이 곳곳에서 우리를 보려고 왔다. 코리안들이 와서 그 집에서 숙식까지 한다니 신기한 모양이었다. 우리는 피곤한 몸이었지만 그들과 교제를 하고 아침이 다 되어서야 잠시 눈을 붙일 수 있었다. 낯선 땅, 낯선 튀르키예인의 가정에서 하룻밤을 지냈다.

아침 식사를 마치고 그 가족과 헤어져야 했다. 집에서 나오려고 하는데 아이들이 우리 옷을 잡고 놓아주지 않았다. 울면서 방으로 들어가는 아이도 있었다. 막내아이는 우리에게 며칠 더 있다 가라고 했다. 그 여인도 우리와 포옹하며 인사할 때 참았던 눈물을 쏟아내고 말았다. 그 집에서 계속 얼굴을 보이지 않았던 아이가 한 명 있었다. 다섯 명의 아이 중에 네 명은 딸이고 한 명은 아들이었다. 첫째가 딸인데 중학생이었다. 셋째가 아들인데 몸이 아파서 학교에 보내지 않고 외부 출입도 하지 않는다고 했다.

그 아이는 집안에만 갇혀 지냈다. 말을 건네는 우리가 낯설었는지 문을 닫고 밖으로 나오지 않았다. 우리가 출발하기 전에 나와서 수줍게 인사하고 방으로 들어갔다. 그 가정은 많은 아픔과 눈물이 있는 가정이었다. 아이들은 사람의 정에 굶주리고 자유를 누리지 못한 듯했다. 우리가 가서 함께하면서 마음의 위로와 힘을 얻은 것 같았다. 자꾸 우리 옆으로 와서 무슨 말을 하려고 했다. 천진한 아이들의 표정이 그 아이들 안에도 있었다. 처음 만났을 때보다 얼굴빛이 달라졌다. 피부색과 언어가 어떠하든 편견

없이 우리를 대했다.

부르사의 어느 마을에서 만난 가족과의 1박 2일 체험은 잊을 수가 없다. 그들의 따뜻했던 마음과 정성, 사랑을 아직도 기억하고 있다. 언어와 민족이 다르고 문화가 다르지만, 한마음으로 소통하고 마음을 나눌 수 있었던 소중한 시간이었다. 그 가족들은 우리와의 1박 2일 체험을 어떻게 기억하고 간직하고 있을까. 공원에 앉아 있는 낯선 이방인으로 보였을 우리 일행에게 다가와 말을 건네고 자기 집으로 안내해 숙식을 제공해 주었던 그녀와 가족들을 다시 만날 수 있다면 마음껏 안아주고 대접해 주고 싶다. 인종과 언어, 문화의 차이는 사람 사이의 소통과 정을 막을 수 없었다.

일상이 무료하고 삶의 의미를 느끼지 못하고 있다면 잠시 일상을 떠나는 것도 좋은 일이다. 길 위에서 길을 찾는다. 어떤 것을 통해서든, 어느 장소에서든, 누구를 통해서든, 어떤 상황을 통해서든 삶을 배울 수 있는 기회가 열려 있다. 다만, 머뭇거리고 결단하지 못하는 마음만 있을 뿐이다. 세상은 나의 시선에 들어온 것만 세상이 아니다. 내가 만들어 놓은 유리창에 비친 세상이 전부인 듯하지만, 문밖으로 나가면 넓고 다양한 세상이 눈앞에 있다. 한 걸음만 떼고 나가면 그동안 보지 못했던 다양한 모습이 기다리고 있다. 자신으로부터의 자유, 자기를 얽매고 있는 상황과 사람들로부터의 자유가 시작된다.(2017.08)

앙카라의 저녁 풍경

튀르키예는 양파 같은 땅이다. 국토를 횡단하다 튀르키예의 수도인 앙카라에서 30여 분 떨어진 도시에 머물렀다. 앙카라는 튀르키예의 국립대학이 밀집한 곳이다. 앙카라에서 튀르키예인들의 주말 풍경을 볼 수 있는 좋은 계기가 되었다. 넓게 펼쳐진 공원과 강 주변을 감싸 안고 있는 갈대밭은 장관이었다. 다홍빛 석양이 갈대밭 사이 강가에 내려앉았다. 공원에서 가족끼리 바비큐를 먹는 모습, 연인들끼리 다정하게 앉아서 데이트하는 모습, 아이들이 자전거 타며 노는 모습 등 누구나 누릴 수 있는 평범한 주말의 풍경이었다. 끝을 알 수 없는 강가의 음식점에 모여 있는 사람들 풍경 속에 삶의 희로애락이 숨 쉬고 있었다.

장소를 이동 중에 버스 안에서 한 여대생을 만났다. 나와 일행 옆에 앉아 친절하게 말을 건넸다. 그녀는 앙카라에서 대학을 다니고 있는데 주말을 맞아 친척 결혼식에 가는 중이라고 했다. 나와 일행에게 결혼식장에 같이 가자고 권유했다. 뜻밖의 제안에 선뜻 승낙하고 결혼식에 동행하기로 했다. 튀르키예인들의 결혼식을 눈앞에서 목도했다. 그녀는 우리에게 가족들을 소개했다. 그녀의 아버지는 튀르키예에서 군인 장교로 근무하다 은퇴했단다. 튀르키예 군인들의 자세가 그녀의 아버지에게서도 나타났다. 그녀 아버지의 타국인을 대하는 예의와 환대가 인상적이었다.

그녀의 부모님은 우리를 그 집에서 쉴 수 있도록 배려해 주었다. 그녀 아버지의 반듯한 자세와 예리한 눈빛은 우리를 조금 긴장하게 했다. 튀르키예 여인들이 모두 미인이지만 그녀의 어머니에게서 특별한 품격이 느껴졌다. 깊이 들어간 눈매와 진한 눈썹, 잘 세워진 콧등, 균형 잡힌 이목구비, 나이에 과하지도 모자라지도 않은 메이크업, 외모에 어울리는 헤어스타일, 어느 것 하나 모자랄 것 없이 잘 갖춘 외모에 교양과 품격까지 더해져 고풍스러운 향기가 느껴졌다. 여학생의 친구들은, 우리가 분위기에 잘 적응하도록 곁에서 말을 건네며 미소를 잃지 않았다. 튀르키예인들은 친절하고 매너가 좋았다. 튀르키예 결혼식 문화는 하객들에게 간단한 다과나 음료를 대접하고 공동체끼리 함께하는 춤과 놀이가 많았다. 늦은 시간까지 흥겹게 춤추고 지내는 그들의 풍습을 보았다. 결혼식이 밤 열 시경에 끝났다. 그녀의 부모님은 밤이 늦었으니 그 집에서 쉬고 가라고 배려해 주었다.

다음 날, 우리는 그녀의 집에서 나와 공원을 지나가고 있었다. 중년으로 보이는 여인이 우리에게 손짓하며 오라는 거였다. 가족끼리 모임이 있는 분위기였다. 우리에게 케밥과 양고기를 주며 먹어보라고 권했다. 문화와 언어, 인종이 달라도 지구촌 어디나 사람 사는 곳이라면 인정이 오고 가는 정겨운 모습이었다. 튀르키예의 석양도 고단한지 휴식을 원하는 듯했다. 튀르키예의 저녁 풍경과 달리 우리는 초조했다. 일정이 예정대로 되지 않아 예약한 숙소를 취소한 상황이었다. 막차가 끊긴 상태라 시내까지 가는 버스가 없었다. 초조한 마음으로 택시를 기다리고 있는데 대학생으로 보이는 남녀가 우리에게 다가와 말을 건넸다. 그들은 우리에게 택시 타는 곳을 친절하게 안내해 주고 갔다. 숙소에 도착해 휴식을 취하고 앙카라에서 그날 밤을 보낼 수 있었다.

다음 날 아침, 우리는 지방 일정을 위해 버스를 기다렸다. 튀르키예인의 잘못된 안내로, 버스가 오지 않는 정거장에서 세 시간을 기다렸다. 튀르키예의 땡볕은 우리 일행의 얼굴에 고스란히 내려앉았다. 앙카라 종합터미널로 다시 가서 그곳에서 다음 목적지까지 출발하기로 했다. 외지인들은 고속버스터미널에서도 여권과 비자를 제시하고 표를 예매할 수 있었다. 우리의 다음 목적지는 앙카라에서 버스로 열 시간을 가는 장거리였다. 시간을 허비해 중간에 가려고 했던 목적지는 포기하기로 했다.

그 이후에 뜻밖의 일들이 우리를 기다리고 있었다. 오히려 앙카라에서 시간을 허비한 것이 유익한 결과를 가져왔다. 정해진 일정을 취소하고 예상하지 못한 다른 도시에서 머물게 되었다. 그곳은 우리가 생각한 것 이상으로 다양한 일들이 준비되어 있었다. 때론 변수나 복병이 찾아와도 오히려 그 모든 것이 협력해서 더 좋은 결과를 가져오는 경우가 있는 듯하다.

예상하지 못한 일들로 계획과 다르게 진행되었다. 처음 계획했던 일정보다 더 좋은 상황과 풍경을 마주하고 많은 일을 경험할 수 있었다. 인생 로드맵에서 이정표가 보이지 않고 경로를 이탈했다면, 좀 더 넓게 보고 멀리 보면 어떨까. 내가 예상하고 계획한 길이 아닐지라도 놀라운 선물이 예비되어 있지 않을까. 숨겨진 보화를 발견하는 기쁨을 맛볼 수 있으리라.(2016.05)

카파도키아

소아시아라 불리는 튀르키예는 동서양의 문화와 역사를 공유한 나라다. 천의 얼굴을 한 그곳은 동양의 끝과 서양의 끝에 위치해 지정학적 요충지다. 지방 도시를 탐방하다 다양한 문화와 역사가 숨 쉬고 있는 카파도키아를 마주했다. 그곳은 1985년 유네스코에서 세계문화유산으로 지정한 곳이다.

카파도키아는 아나톨리아 반도에 있다. 아나톨리아 고원은 수많은 전쟁의 상흔이 남아 있는 역사적인 현장이다. 유명한 트로이 전쟁의 무대가 되기도 했다. 아나톨리아 고원 한가운데 위치에 있는 특별한 장소로, 적의 침입으로부터 보호하고 지킬 수 있는 요새였다. 그곳은 높은 바위들로 이뤄진 신비한 지형이다. 바위들 대부분은 버섯 모양이다. 그중에서 가장 높이 솟아 있는 세 개의 버섯이 붙어 있는 모양을 한 버섯바위가 유명하다. 그 바위들을 마주했을 때 외계의 다른 별에 온 듯했다. 마치 세밀하게 세공을 한 듯 섬세한 모양으로 서 있는 버섯 모양의 바위들이 신비했다.

자연과 사람이 조화를 이루었을 때 아름답고 경이로운 풍광이 연출되는 듯했다. 그 지역의 바위들은 오래 전, 세 번의 화산폭발로 응회암과 현무암으로 이뤄졌단다. 괴뢰메 계곡에 풍화와 침식 작용이 반복되면서 괴석들이 만들어졌다. 그 인근에 사람들이 살던 곳이 있었는데 바위를 파서 집을 만들었다. 그런 곳에 사람이 거주했다는 사실을 믿을 수 없었다. 카파도키아 지역의 바위들은 특별히 응회암으로 구성되어 있는데 재질이 부드럽다. 비가 오면 더 부드럽고 단단하게 되는 특성이 있어 굴을 쉽게 팔 수 있단다. 사람이 거주했던 곳에 계단과 방, 창문을 만든 흔적들이 남아 있었다. 돌로 만든 집들은 히타이트 시대에 요새로 사용되었다고 한다.

카파도키아는 기원후 새로운 주민을 맞이한 계기가 있었다. 로마의 박해를 피해 집단으로 이주한 초기 기독교인들의 피난처였다. 이민족의 침략을 피해 만든 곳이 있었다. 안내자를 따라 지하도시 데린쿠유에 들어갔다. 데린쿠유는 '깊은 우물'이란 뜻이다. 그곳에 지하도시를 형성했는데 상상을 초월하는 규모였다. 그 당시 2만여 명의 수용이 가능한 대규모의 지하도시였다. 초기 기독교인들이 로마제국 박해를 피해 거주했던 가장 안전한 곳이었다. 신앙을 지키기 위해 지하에 굴을 파고 그곳에서 은둔하고 살았다니 놀라울 뿐이었다. 박해를 피해 모두 동굴에 은둔한 것은 아니었다. 핍박과 맞서 신앙을 지키며 순교를 당한 사람들도 있었다. 그때의 상황에 따라 튀르키예 역사의 판도가 바뀌는 지각변동이 있었으리라. 역사적으로 중요한 전환점을 맞은 시기였다.

동굴 속 지하도시를 빠져나올 때, 입구를 기억하지 못하면 출구를 찾을 수 없는 길이었다. 그 지하도시는 개미굴 같은 동굴을 120미터 까지 팠다고 한다. 현재 일반인들에게 지하 55미터, 지하 8층까지 공개되었다. 그 지하에 마구간과 공동묘지, 맷돌 같은 돌이 있었다. 그 안으로 피신해 동굴 입구를 막는 돌문이 있었다. 지금은 20여 개의 돌문이 남아 있다고 한다. 적이 침입해 오면 돌 안으로 피신하고 그 돌문을 막았단다. 출입구를 안다고 해도 동굴에 한 번 들어가면 나갈 때 출입구를 찾는 일이 쉽지 않았으리라. 나와 일행들도 떨어지지 않으려고 서로 손을 잡고 몸을 숙이며 걸어 다녔다. 1970년에 일본인 관광객이 그곳에 들어갔는데 아직 나오지 못하고 있단다.

지하 생활은 최소한의 필요조차도 충족되지 않는 곳이었다. 그런 곳에서 어떻게 생존하고 신앙을 지켰는지 아이러니다. 그 지하에도 통풍 역할을 하는 긴 통로가 있었고 간혹 창문도 보였다. 위로 환풍기 역할을 하는 통로가 있어 호흡이 가능했던 거였다. 200여 개의 지하도시가 있는데 발견된 것이 십 분의 일 정도라고 한다. 지하도시의 신비는 수수께끼로 남아 있었다.

카파도키아에서 자주 마주할 수 있었던 것 중 하나가 비둘기집이었다. 그 지역에서는 비둘기를 키워 배설물을 비료로 사용한다고 한다. 그곳에 한국어 간판으로 된 순두부 음식점이 있었다. 나와 일행은 어찌나 반갑던지 가던 걸음을 멈추고 그곳으로 발길을 돌렸다. 주인은 한국인이 아니라 현지인이었다. 순두부 음식점을 운영하며 그 땅을 지키고 있었다.

카파도키아의 우치히사르는 천연 요새로 가장 높은 지형이다. '세 개의 탑'이라는 뜻이다. 사람이 거주하는 지역으로 지금도 침식과 풍화 작용이 계속되고 있다. 그곳은 여러 제국의 침략과 전쟁이 많은 곳으로 많은 상흔이 숨 쉬고 있는 곳이다. 중국, 인도, 이집트, 그리스, 로마, 실크로드가 통과하는 지정학적 요충지였기에 주변국들의 침략 대상이었다.

자연이 오롯이 숨 쉬고 있는 카파도키아를 지나며 잠시 생각에 잠겼다. 카파도키아의 데린쿠유 동굴을 마주하며 유년시절의 골목길을 서성거렸다. 골목길에 들어서 출구를 찾지 못해 울면서 당황했던 기억이 있다. 삶의 다양한 골목길 지나 여기에 서 있다. 때론 데린쿠유보다 더 깊고 긴 끝을 알 수 없는 골목길에서 이정표가 보이지 않아 방향을 잃고 헤맬 때도 있었다. 앞이 보이지 않는 칠흑 같은 어둠 속에서 희미한 불빛을 따라 길을 찾은 적도 있었다. 골목길에 대한 기억들은 삶의 망망대해에서 폭풍을 마주했을 때 그 길을 돌파하고 나올 수 있는 나침반 역할을 했다. 오랜만에 골목길을 걷는다. 내 골목길에도 봄 햇살이 내려앉는다. 카파도키아를 마주하며 창조주 하나님의 섭리와 자연, 인간의 존재

에 대해 돌아본다.(2016.05)

튀르키예의 젊은 세대

튀르키예 이스탄불 공항에 도착한 시간에 비가 내렸다. 튀르키예인들은, 비가 오는 날 손님이 오면 복을 받는다고 생각하는 문화라고 한다. 언어와 문화가 다른 낯선 땅에서 우리 일행이 처음 접한 곳은 오래된 마을이었다. 공원에 앉아 있는데 사람들이 몰려오기 시작했다. 그중에 한 젊은 여성과 인사를 했는데 그 눈빛을 지금도 잊을 수 없다. 얼굴 안에 인간의 희로애락, 생로병사가 공존했다. 헤어질 때 서로의 모습이 보이지 않을 때까지 골목길 모퉁이에서 손을 흔들며 서 있었다.

나와 일행은 부르사 지역 시내에 있는 대학 캠퍼스로 발길을 옮겼다. 넓게 펼쳐진 캠퍼스 내 잔디 위에서 젊은이들이 그룹으로 모여 있었다. 여대생 세 명이 모인 그룹에 시선이 갔다. 자리를 옮겨 잔디 위에 앉아 있는 여대생들을 만났다. 동양인, 특히 한국인은 우리가 처음이라고 했다. 우리에게 많은 관심을 보였고 다양한 질문을 했다. 특히 K-POP에 대한 질문이 많았고 한국문화에 많은 흥미를 보였다. 나도 모르는 아이돌 그룹과 이름을 줄줄 외우며 아느냐고 물었다. 젊은이들과 대화를 나누고 캠퍼스를 돌아보고 교내식당으로 갔다. 교직원들과 학생들 모두 같은 식당에서 식사하고 있었다. 한국문화와 한글에 대한 질문을 많이 받았다.

우리가 머무는 숙소 옆에 고등학교가 있었다. 우리는 허리를 숙인 오후 햇살을 받으며 운동장을 산책하고 있었다. 그곳에서 여학생들이 우리를 보고 반갑게 달려와 말을 걸기 시작했다. 우리가 코리안으로 보여서 그런 듯했다. 한국어로 인사하며 한국말을 하는 튀르키예 여학생들을 보고 깜짝 놀랐다. 한국의 K-POP 스타들 이름을 줄줄 외우고 있었다. 튀르키예의 청소년들에게 한국의 아이돌이 그토록 인기가 많은 줄 몰랐다. 한국에 가고 싶어 한국어를 배운다는 학생들이 많았다. 어느 여학생은, 언젠가는 한국에 꼭 가고 싶다며 공책에 한글 발음 기호까지 정확하게 표기하면서 공부했다. 가방에서 공책을 꺼내 한국어를 열심히 공부한 흔적들을 보여주었다. 해맑은 미소를 머금은 여학생들의 얼굴에 오후 햇살이 도르르 구르고 있었다.

숙소 근처에 있는 남자 고등학교에서 남학생들이 몰려나왔다. 열 명 정도의 남학생이 우리가 신고 있는 신발과 휴대전화에 관심을 보이며 질문하기 시작했다. 한국문화를 알고 싶다며 한국어를 배우고 싶다는 거였다. 우리는 한국어를 배울 수 있는 통로를 소개했다. 그들이 우리에게 사진을 찍자고 요청해서 그 학생들과 운동장에서 포즈를 취하고 추억의 흔적이 될 순간을 휴대전화에 포착해서 담았다.

음식점에서 만난 아프가니스탄 남학생은 음식점에서 일하며 학교에 다닌다고 했다. 언젠가 한국에 가고 싶은데 한국어를 배우고 싶단다. 한국어를 배울 수 있는 앱을 설명했다. 순간의 흔적을 한 컷 남기고 그곳을 나왔다.

우리 일행과 아프가니스탄 난민 가족이 학교 운동장에서 우연히 만나 얘기하려는데 그들과 소통할 방법이 없었다. 그 옆을 지나가던 아프가니스탄에서 온 남자 대학생이 통역을 자처했다. 그 난민 가족은 그날 당장 잘 곳이 없다고 했다. 부부와 어린아이들 네 명이 있었다. 막내는 아직 엄마의 젖을 떼지 않은 상태였다. 우리 일행이 도와줄 수 있는 상황이 아니었다. 그날 하루 잘 곳을 해결해 준다고 해도 근본적인 문제가 해결되는 것은 아니었다.

우리는 그 가족에게 맛있는 음식을 대접하고 싶었다. 그들과 얘기를 나누고 시장에 가려고 거리로 나갔다. 그곳에서 통역했던 남학생과 똑같은 남학생을 또 만났다. 우리는 어리둥절해서 서로를 바라만 보고 있었다. 통역을 담당했던 아프가니스탄 학생이 자기 동생이라고 소개하며 쌍둥이라고 했다. 정말 일란성 쌍둥이였다. 시간과 공간을 이동한 듯한 묘한 착각에 빠질 뻔했다. 통역을 맡았던 남학생은 그 난민 가족들과 우리가 헤어지는 순간까지 옆에서 통역하고 서로 헤어졌다.

세계 곳곳에 흩어진 젊은이들은 국적과 언어가 다를 뿐, 그 나이에 품을 수 있는 생각과 꿈이 있으리라. 무한한 잠재력과 가능성을 소유한 젊은 세대가 꿈을 꾸길 원한다. 튀르키예 곳곳에 몰려든 국적이 다양한 젊은이들을 마주할 수 있었다. 흩어진 모자이크 조각이 모여 하나의 작품이 완성되는 듯한 일정이었다. 사람이 아무리 계획을 세운다 해도 그토록 세밀하고 정확하게 할 수 있을까.(2016.09)

어느 골목에서

현지 지인들 자녀들과 1박 2일 일정을 떠났다. 출발지에서 마을버스를 타고 터미널로 향했다. 그곳에서 고속버스로 한 시간가량 지방으로 갔다. 고속버스 터미널에서 다시 택시로 숙소에 갔다. 우리는 숙소에 짐을 풀고 거리로 나왔다. 한여름 열기를 오롯이 담고 있는 아스팔트 위에서 아지랑이가 피어오르는 듯했다. 아파트가 즐비한 골목들 사이에 음식점이 있었다. 그곳에서 얇고 바삭바삭하게 구운 튀르키예 피자와 튀르키예 요구르트인 아이란을 먹고 골목길을 걸었다. 코로나로 인해 행인들이 많지 않았다. 아이들이 지친 상태라 숙소로 들어와 휴식을 취했다.

튀르키예의 8월 땡볕이 서서히 모습을 감추고 땅거미가 지기 시작할 무렵이었다. 숙소에서 나와 근처에 있는 공원으로 발길을 옮겼다. 아이들 몇 명이 놀이터에서 그네와 미끄럼틀을 타고 있었다. 중학생으로 보이는 학생들 몇 명이 공원 주변을 서성였다. 우리는 현지인들과 인사를 나누고 주변 풍경을 둘러보았다. 그때 눈에 들어온 장소가 있었다. 공원 맞은편 아파트에서 아이들이 축구를 하며 노는 모습이 보였다. 우리는 그곳으로 발길을 돌렸다. 히잡이나 차도르를 쓴 여성들이 자녀들로 보이는 아이들과 골목에서 휴식을 취하고 있었다.

어스름이 내려앉을 즈음 가로등 아래서 성인 남자 한 명이 어린 아이들과 축구를 하고 있었다. 그 남성은 그 아파트 바로 앞에 있는 초등학교 교사라고 소개했다. 매일 저녁 그곳에서 아이들과 축구하는 시간이니 언제든지 그곳에 오면 된다고 했다. 우리 일행 중 아이들도 그곳에 합류하여 축구를 하고 놀았다. 그곳은 잔디가 깔린 운동장도 아니었고 흙이 있는 땅도 아니었다. 아스팔트 위에서 축구를 했지만 그 어떤 축구선수들이 하는 것보다 흥미로운 모습이었다. 땀에 흠뻑 젖은 그들의 얼굴에 해맑은 미소가 가득 담겨 있었다.

그 옆에는 축구하는 아이들의 어머니들로 보이는 여인들이 의자에 앉아 아이들을 응원했다. 그 여인들은 우리를 보고 손짓했다. 튀르키예 과일을 먹어보라며 엷은 미소를 지었다. 자두와 무화과는 튀르키예 이즈미르에서 생산된 특산품이라며 자부심 있게 말했다. 머리에 히잡을 쓰지 않은 여인이 과일이 가득 담긴 바구니를 우리 앞으로 밀어주었다. 우리도 어느새 그들 틈에서 누가 한국인이고 누가 현지인인지 알아볼 수 없을 정도로 잘 어울렸다.

초등학교 선생님이라는 남성이 우리에게 한국인이 바라보는 튀르키예는 어떤 나라인지 물었다. 우리도 튀르키예인들은 한국을 어떻게 생각하느냐고 물었다. 여러 대화 끝에 한국은 좋은 나라고 튀르키예와 형제 나라라며 웃음을 지었다. 우리는 튀르키예어를 잘하는 학생의 통역으로 자유롭게 말을 할 수 있었다. 그 골목에 거주하는 여성들과 소소한 대화를 나누었다. 인상이 좋고 마음씨도 좋아 보이는 아낙네들이었다.

우리와 그들의 웃음소리는 허공에 빛나는 가로등 불빛 속에 스며들었다. 별들이 지구 반대편 튀르키예의 어느 소도시 아파트, 가로등 불빛 아래를 내려보고 있는 것만 같았다. 우리와 튀르키예인들이 모여 있는 모습을 보고 미소를 짓는 듯했다. 초등학교 선생님은, 우리가 그 도시에서 머무는 동안 축구가 생각나면 매일 저녁 그곳으로 오라고 거듭 말했다. 우리는 그들과 인사를 나누고 그 골목길에서 나왔다. 우리가 보이지 않을 때까지 손을 흔들어주며 미소를 짓던 아이들과 선생님, 튀르키예 여인들의 모습이 가로등 불빛 사이로 희미하게 묻혔다. 한국과 튀르키예에 대해 대화를 나누다 열 시가 넘어 숙소에 들어왔다. 아파트 불빛 아래서 축구하던 튀르키예 아이들과 선생님의 모습이 어른거렸다.

다음 날 아침에 우리는 음식점으로 향했다. 아침 식사로 좋은 초르바와 다른 요리를 주문해 식사했다. 튀르키예 어느 소도시 아침 풍경은 여느 아침 풍경처럼 각자 삶의 현장으로 이동하는 발걸음으로 분주했다. 동행한 아이들이 그 도시에서 경험한 일들을 잊지 못할 거라고 했다. 그곳에 며칠 더 있었으면 좋겠다고 했지만 분주한 일정으로 발길을 옮겼다. 그곳에서의 아쉬운 시간을 마음에 품은 채 고속버스 터미널로 향했다. 숙소 근처로 돌아오는 길에 마트에 들어갔다. 골목길에서 마주한 튀르키예 아낙네들의 볼그레한 얼굴빛을 닮은 복숭아와 그 지역의 특산품인 무화과를 구해 숙소로 향했다.(2021.08)

요르단의 와디럼에서

몇 년 전, 아랍의 심장이라 일컫는 요르단을 방문했다. 요르단은 '왕의 대로'라는 뜻이다. 히브리어로 '야르단', '내려가는 곳'이라는 뜻이다. 나와 일행은 요르단의 남북을 가로지르는 고속도로인 왕의 대로를 통과해 와디럼에 도착했다. 왕의 대로를 지나며 굽이굽이 협곡에 시선이 압도되었다. 자연과 시간이 빚어낸 사막과 협곡에 시선이 멈추었다.

요르단은 북쪽으로 시리아, 남쪽으로 사우디, 동쪽으로 이라크가 둘러싸고 있다. 요르단의 아카바는, 해안선이 16킬로미터인 유일한 항구도시다. 요르단은 바다로 나가기 위해 해안선 16킬로미터를 확보하는 대신 사막을 사우디에 넘겼다. 사우디에 넘겨준 땅에서 석유가 물 솟듯이 나오는 황금 연못이었음을 알지 못했던 거였다. 요르단은 아랍 국가에서 유일하게 석유가 나오지 않는 나라다. 세계에서 가장 낮은 땅으로 지중해의 해수면보다 420미터 낮다.

요르단의 수도 암만은 난민의 도시다. 요르단 인구는 1,130만 여 명이 넘는데, 암만에 난민이 60% 이상 거주한다. 팔레스타인 난민이 220만, 시리아 난민이 140만, 그 외 이란, 이라크, 이집트, 아르메니안, 체첸, 체르케스 난민들이 거주하고 있단다. 요르단의 공식적인 언어는 아랍어를 사용하는데 젊은 층은 아랍어와 영어를 사용한다. 요르단에서 이란, 이집트, 이라크 청년 난민들을 많이 만났다. 요르단은 젊은이들을 통해 다양한 지각 변동이 일어나고 있었다. 표면적으로는 조용한 듯 보이나 그 이면에 많은 변화의 소용돌이가 일어나고 있음을 부인할 수 없었다.

요르단의 사막 와디럼은 2011년 세계유네스코 세계복합유산으로 지정되었다. 생태계와 지형을 위해 보호구역으로 지정되었다. 자연과 시간이 빚어낸 바위산과 사막의 조화에 감탄이 절로 나왔다. 와디럼은 요르단의 유일한 항구도시인 아카바에서 한 시간 거리에 있다. 720제곱 킬로미터의 광대한 지역에 펼쳐진 험난한 지형, 광활하게 펼쳐진 와디럼 사막을 보며 할 말을 잃었다. 끝이 보이지 않을 듯한 지평선에 줄지어 행렬하는 낙타들과 양들이 눈에 띄었다.

유목민 베두인들의 와디럼 텐트에서 1박 2일 광야체험을 했다. 베두인은 아랍어로 '사막에 사는 사람들'이라는 뜻이다. 8월에 와디럼 한복판에서 5분 동안 서 있었는데 온몸을 땀으로 샤워했다. 한여름의 열기는 오롯이 피부가 감당할 몫이었다. 지구 밖 다른 별에 온 듯한 신비로운 느낌이었다. 그곳에서 홍차를 자주 권해서 홍차를 많이 마셨다. 덥고 건조한 사막의 기후를 견딜 수 있는 방법 가운데 하나라고 했다. 와디럼의 텐트는 호텔 역할을 한다. 한여름의 열기를 막아주고 비가와도 방수가 되는 염소 털로 만들었단다.

그곳에서 베두인들이 준비한 베두인 전통음식을 먹었다. 그들은 숯불을 피운 모래구덩이에 음식 재료를 넣었다. 숯불과 모래의 열로 세 시간 삼십 분 동안 천천히 구워낸 음식으로 우리를 대접했다. 만사포(양고기 찜)와 자미드(염소고기), 카다예프(요르단 만두), 스프 종류와 구이 요리였다. 요리를 만드는 과정을 보며 그들의 삶을 가늠해 보았다. 광야 생활을 견디는 것이 그들의 삶인 듯했다.

저녁 식사를 마치고 밖으로 나왔다. 바위산 꼭대기에 앉아 있는 노을 풍경이 장관이었다. 별들이 와디럼의 어둠을 마중 나왔다. 별나라에 온 듯한 착각을 했다. 도시에서 보이지 않았던 별들이 그곳에서 더 선명하게 보였다. 별들이 쏟아지는 와디럼의 밤 풍경은 경이롭고 신비롭기만 했다. 모세가 이집트에서 이스라엘 백성과 출애굽하고 홍해를 건너 머물렀던 광야의 숨결을 느끼며 타임머신을 타고 잠시 그 시간을 여행했다.

이스라엘 백성들의 광야 생활은 짐을 싸는 훈련의 연속이었다.

소유가 아니라 내려놓는 훈련과 버리는 훈련이 되지 않으면 광야 생활을 견딜 수 없었을 것이다. 언제든지 떠날 준비를 하고 나그네 삶이 훈련되어 있을 때 광야 생활을 감당할 수 있었다. 광야에서 창고 곳간에 무엇인가 가득 채우는 삶을 살 수 없다. 광야에서는 소유할 수 있는 것이 아무것도 없다. 언제든지 이동할 준비를 하고 마음을 내려놓아야 가능하다. 광야훈련학교는 졸업이 없는 듯하다. 나는 아직도 광야훈련학교 재학생이다. 때론 낙제생으로 재수강을 해야 할 때도 있다.

와디럼을 밟으며 광야의 삶을 묵상하는 시간이었다. 그런 환경에서 구름 기둥으로 그 백성이 보호받지 않았다면 광야에서 모두 사망했을 거였다. 구름이 머무는 곳에 장막을 치고 그곳에 머물다가 하나님께서 이동하라고 하시면 장막을 걷고 이동하는 삶의 연속이었다. 순종이 몸에 배지 않으면 한순간도 견딜 수 없는 곳이 광야의 삶이다. 이스라엘 백성들이 광야 생활 동안 왜 그렇게 불평하고 입술로 범죄했는지 그 상황을 충분히 이해할 수 있었다. 내가 그 시대 그 환경에 있었다면 그들보다 더하면 더했지 나은 점이 없을 거였다.

와디럼에서 북쪽으로 300킬로미터 떨어진 느보산 정상에 올랐다. 가나안을 볼 수 있는 전망대가 보였다. 정상에 놋뱀 십자가 조형물도 보였다. 표지판에는 이스라엘까지의 거리가 표시되어 있었다. 여리고까지 27킬로미터, 예루살렘까지 46킬로미터, 베들레헴까지 50킬로미터였다. 모세가 가나안을 눈앞에 두고도 입성하지 못했던 그 상황을 모세의 심정으로 상상해 보았다. 모세는 이스라엘 백성의 원망을 들으며 광야를 통과했다. 광야 생활을 마치고 마침내 그토록 숙원이었던 가나안 입성을 앞두었지만, 결국 그 땅을 밟지 못한 채 눈을 감았다. 가나안 입성은 모세율법이 아닌 오직 은혜로 들어갈 수 있음을 보여주는 사건이다.

느보산 바로 앞에서 이스라엘 갈릴리 바다가 보였다. 모세가 가나안을 지척에 두고 경계선에서 갈림길이 되었던 그때의 상황 속에 내가 서 있는 것만 같았다. 요르단 와디럼에서 모세와 이스라엘 민족의 삶이 오롯이 담긴 광야의 시간과 마주하며 나의 와디럼을 대면한다.(2019.08)

|해설|

어느 유목민의 사랑법

— 박영실 수필집에 부쳐

박덕규 소설가, 문학평론가

1. 물질가치보다 정신가치를 찾아가는 길

인간은 직업을 선택하면서 대개 두 가지 면을 동시에 신경 쓴다. 하나는 외적 보상, 또 하나는 내적 가치다. 이를 '물질적 만족감'과 '정신적 만족감'으로 나누어 설명할 수도 있겠다. '생계유지를 기반으로 한 미래보장'과 '자아실현이나 사회기여의 성취감' 같은 말로도 대비할 수 있다. 이 둘 모두를 얻는 직업이라면 얼마나 좋을까 싶은데, 아쉽게도 그건 불가능에 가깝다. 대개는 앞의 것만 어느 정도 충족하면 취업 성공이라 여긴다. 반면, 앞의 것을 별로 따지지 않고 뒤의 것만으로 만족하는 경우도 드물지만 있다. 삶의 가치를 외적 보상에 두지 않고 내적 동기에 두는 직업, 그런 삶 말이다.

물질가치를 두고 정신가치를 우위에 두는 삶. 이런 직업은 일반적인 직업에 비해 많지는 않지만 그래도 여러 가지 유형이 있다. 우선, 자기 것을 챙기기보다 나누어 주는 일에 주력하는 삶이다. 종교 · 봉사 같은 직업이 그런 것이다. 다음, 자기감정을 미적 형태로 표현하는 일로 일상을 유지하는 삶이다. 예술 활동, 그중에서도 흔히 순수예술이라고 하는 직업이 그런 것이다. 그 다음, 자기 사는 곳에서 멀리 떠나 다른 곳을 찾아다니는 삶도 있다. 여행 · 탐험 등이 업이 된 경우다. 이들 중에 어떤 건 자기만족에 그쳐서 다른 사람에게 직접 도움을 주지는 못하지만 실은 알게 모르게 여러 사람에게 선한 영향력을 주기도 한다.

이런 일들을 모두 직업이라 할 수는 없긴 하다. 그런 일을 하며 사는 사람도 생계는 유지해야 하니까 틈틈이 돈 버는 일을 병행하곤 한다. 반대로 그런 일을 직업 이상으로 생애 전체로 아예 채우는 사람도 있다. 여기에는 물질적 보상이 절로 뒷받침되는 경우도 없지 않고, 때로 그 이상의 명예가 얹어지기도 한다. 그 보상 그 명예에 취해 초심을 잃고 안이하게 지내다가 삶을 망가뜨리는 사례도 있다. 어쨌거나 중요한 것은 인류사회에는 아직도 재물의 보상이나 사회적 명성 같은 것 말고 그것들 너머 존재하는 어떤 특별한 정신적 가치를 얻기 위해 애쓰며 삶을 바치는 이들이 적지 않다는 사실이다.

"사람은 살면서 수많은 선택의 기회에 맞닥뜨린다. 그때마다 어떤 것을 선택하느냐에 따라 삶의 내용이 달라진다."로 시작하는 박영실의 수필 「선택」은 바로 그런 가치를 찾아간 삶을 들려준다. 사연의 주인공은 미국 명문 H대학을 졸업하고 고액 연봉의 전문직을 가진 40대 초반의 부부 교인이다. 이들은 자신의 집을 집이 없는 사람들에게 무료로 내어주고는 언제 돌아올지 모르는 선교의 길을 떠났다. 오래지 않아 '낯선 환경 낯선 사람'이 주는 불편함, '달라진 기후 탓에 나빠진 건강' 등으로 힘들게 지낸다는 소식을 전해 왔다. 그러나 시간이 지나 "미국에 있을 때 앓았던 질병이 회복되어 모든 약을 끊었다"는 소식을 듣게 된다. 그곳에 가기 전에 생긴 병까지 치유한 상황이라니 이제 그들 부부로서는 바로 그 자리가 '몸에 잘 맞는 옷'처럼 '자기가 있어야 할 자리'가 되고 있다는 것일 게다. 「선택」은 그들 부부로부터 "가치 있게 사는 삶이 무엇인지 그 부부를 통해 점검"하는 것으로 마무리한다.

2. '좁은 문' 위에서 만난 사물들

「선택」의 부부처럼 정신가치만을 택해서 재물을 다 두고 삶 전체를 송두리째 실천의 장으로 옮겨서 살 수 있는 사람은 실제로는 드물 것이다. 또 다른 수필 「빈방 있어요」에서 서술하듯이 "높은 자리, 다수가 추앙하는 자리를 사양하고 낮은 자리, 좁은 문을 가고자 하는 자들은 극히 소수에 불과"하다. 대부분은 그렇게 살고 싶어 하지도 않을 뿐더러 그렇게 살겠다고 뛰어들더라도 오래 버텨 내기가 쉽지 않다. 「선택」의 부부도 실은 아직 편안하게 정착했다고 말할 수 없다. 그들은 여전히 '좁은 문'을 가고 있다.

박영실의 수필들은 바로 이런 삶에 대해 얘기한다. '높은 것을 사양하고 낮은 데로 향하는 삶', 그 '좁은 문'을 가는 삶을 구체적인 사연으로 이야기하지는 않지만 그것의 가치를 주로 일상과 자연에서 만날 수 있는 집이나 길, 꽃이나 나무 등의 여러 사물들의 운행에 비유해 들려준다. 말하자면 이 수필집은 '좁은 문을 가는 사람들이 빚어내는 정신가치를 일상과 자연의 여러 사물에 비유해서 들려주는 글'로 가득 차 있다.

우리는 서로 다른 성향과 생각을 품고 어우러져 살아가고 있다. 누군가는 양보하고 내려놓아야 타인과 공동체가 편안하고 안정된 마음과 관계를 유지할 수 있다. (……) 아무도 알아주는 이 없어도 자기의 수고로 주변 사람들이 변하고 새로워진다면 얼마나 감사한 일인가. -「연시와 홍시 사이」에서

숲을 지키는 것은 좋은 나무나 거목이 아니었다. (……) 비록 뿌리가 깊지 않아도 연결되어 있으면 서로를 지탱해 줄 수 있는 버팀목이 되었다. 레드우드가 거대한 숲을 이루고 오랜 세월 동안 생명을 유지할 수 있었던 비결은, 서로의 연합과 서로를 위한 배려에 있었던 거였다. -「레드우드의 비밀」에서

자신의 존재를 무가치하게 느끼는 들풀이나 들꽃은 없다. 땅에 떨어져 뿌리를 내리는 그 순간 이미 존재 자체로 가치가 있다. -「들에 피어도 꽃이다」에서

신발은 주인이 가시밭길을 걸을 때도, 돌밭 길을 걸을 때도 주인의 발을 안전하게 보호해 준다. 자기 몸이 다 닳는 수고와 희생을 감수한다. -「지상의 신발들」에서

이 수필집의 1~4부는 일상의 사연들, 자연의 움직임, 이웃의 표정 등등 자신과 주변에서 일어나는 크고 작은 이야기를 담고 있다. 「연시와 홍시 사이」는 어머니나 주변사람들과 관계를 맺는 의미 있는 매개물로 홍시를 내세워, 연시가 발효해 홍시가 되는 과정에 촉매제로 넣는 사과의 효능에 대해 강조한다. 「레드우드의 비밀」는 레드우드 숲이 울창한 것은 나무와 나무끼리 얕은 뿌리들이나마 서로 배려하며 섞여들어 연합한 덕분임을 강조한다. 「들에 피어도 꽃이다」는 들마다 무가치하게 버려진 듯한 들풀이나 들꽃들도 존재 자체로 위대한 가치가 있음을 설명한다. 「지상의 신발들」은 걸어온 모든 길에 자신의 발을 감싸준 신발에 대한 고마움을 특히 아버지에 대한 그리움을 통해 표현하고 있다.

3. '갈증'을 통해 체험철학을 얻고

일상 속에서 자연과 더불어 한 많은 경험들을 담은 이 수필은 그러나 체험한 사연을 드러내면서 그 서사성을 중심에 두기보다 그것을 통해 얻는 가르침을 드러내는 데 더 초점을 맞춘다는 특징이 있다. 그점에서 박영실의 수필은 체험을 바탕으로 하되 '체험서사'를 앞세우지 않고 대신 그로부터 철학적 사유를 이끌어내

는 일종의 '체험철학'이라 할 만하다.

다른 식물들이 무대를 떠나 이미 퇴장한 후에도, 파프리카 나무는 홀로 정원을 지키며 꽃을 피우고 열매를 맺었다. 뿌리를 견고하게 내리는 시간이 있었기에 그 시간조차도 헛되지 않았을 터이다. 그 내공으로 침묵하며 홀로 남아 열매를 맺을 수 있었으리라. 주위의 어떠한 소리나 반응에도 요동하지 않고 반년 이상 잔뿌리를 내리는 일을 했다. 정원에서 자라고 있는 식물들을 보며 잠잠히 인내하며 침묵하는 법을 배웠다. 늦게 피는 꽃이 건네주는 소소한 일상을 경험했다. 내 시선이 오래도록 그 나무에 머물렀다. 그 나무를 키우며 하나님 아버지의 마음이 느껴지는 듯했다. -「늦게 피는 꽃」에서

이 수필은 '베란다 정원에 골고루 야채를 심고 가꾼 경험'을 다루고 있다. 이른 봄에 씨를 뿌린 건데 그중에 토마토 등 여러 식물이 처음부터 싹을 잘 틔우고 열매까지 맺었다. 거기에 어디에선가 날아온 까마중까지 안착하고 꽃을 피웠다. 반면에 유난히 정성을 들여 키운 파프리카만이 "성장을 멈춘 듯 자라지 않고 꽃도 피지" 않았다. "자라지 않는다고 성급하게 결론을 내리고 버리려고 했"다. 그런데 뜻밖에, 한여름 땡볕 아래 상추 · 쑥갓 · 고수 · 오이 · 고추 그리고 토마토까지 말라 건초상태가 된 데 비해 그동안 자라는 기색도 없던 파프리카가 홀로 키가 자라나고 있었다. 세 그루나 되는 파프리카가 모두 튼실하게 자라나 열매를 맺었다. 파프리카는 홀로 침묵하면서 수많은 잔뿌리를 퍼뜨리며 살

아낸 것이었다.

이 수필은 이렇듯, 정원에서 여러 식물을 키우다가 다른 식물에 비해 자라지 못해 솎아 내 버릴 뻔한 파프리카가 꿋꿋이 자라나 눈앞에 튼실하게 살아남은 일을 들려주고 있다. 이것이 그냥 들려주는 사연으로 끝날 리는 없다. 그 파프리카의 사연에서부터 "잠잠히 인내하며 침묵하는 법"이라는 철학에 도달한다. 이 수필이 말하려는 것은 그것이다. 그리고 박영실 수필집이 말하려는 것 또한 그런 것이다.

> 낙타는 안단테의 걸음으로 사막을 걷는다. 인간은 사막을 빨리 지나가길 원하지만, 낙타는 뛰지 않고 천천히 고고하고 품위 있게 걷는다. 낙타는, 모두 떠난 황량한 사막뿐인 모래 무덤에서 사막의 파수꾼으로 사막을 지킨다. 인간에게 등을 내어주고 끝을 알 수 없는 여정을 떠난다. -「낙타의 노래」에서

박영실은 선교를 목적으로 이슬람권의 여러 나라를 방문한 남다른 경험을 쌓아 왔다. 그중 튀르키예의 카파도키아에 방문했을 때 길옆을 동행하는 한 무리의 낙타를 보게 된다. 아주 가까운 데서 '일정한 보폭과 속도로 고고하게 품위 있게 걷고 있는 낙타'에게서 '거대한 성을 향해 목표 지향적으로 달려가는 현대인들에게 건네는 질문'을 읽어낸다. 바로 그 '달려가는' 인간들에게조차 '등을 내어주고 끝을 알 수 없는 여정을 떠나는 낙타'의 삶이야말로 박영실이 드러내고 또 가고 있는 정신가치의 삶이다.

척박한 마음을 가다듬고 밭이랑에 씨앗을 뿌린다. 봄에 뿌린 씨앗은 비록 더딜지라도 언젠가 그 열매를 거두리라. 한여름의 작열하는 땡볕 아래에서 인고의 시간을 지내야 할 때도 있다. 가을날에 거둬들일 풍성한 열매들을 기대하며 수고를 감수해야 하리라. 갈증을 느끼는 그 순간이 살아있다는 청신호다. 내 삶에 열정을 다해 전심전력해 불태울 마음속 우물 하나 판다. 마르지 않는 생수를 마신다. 나는 살아있기에 갈증을 느낀다. 아! 목마르다. -「갈증」에서

박영실이 지향하는 정신가치의 삶은 "척박한 마음을 가다듬고 밭이랑에 씨앗을 뿌"리는 그런 삶이다. 그 삶은 '작열하는 땡볕' 아래 '타는 갈증'의 시간을 견디는 일이기도 하다. 그런데 흥미로운 것은 그 갈증 끝에 '마르지 않는 생수'를 마시는 기쁨을 얻는다는 점에 있지 않고, 그 과정의 갈증 자체에 크게 의미를 둔다는 사실이다. "내 삶에 열정을 다해 전심전력해 불태울 마음속 우물 하나" 파는 삶 자체 말이다. 생수를 마시는 삶이 아니라 생수를 마시는 순간에 도달하려고 애쓰는 갈증의 시간이 더 소중하다는 것! 이점으로 박영실의 수필이 왜 그토록 자주 일상의 자잘한 사물의 이면을 보는지도 잘 이해할 수 있다. 박영실의 수필은 눈앞에서 바로 얻을 수 있는 것이 아니라 저 먼 곳에 가닿아야 비로소 얻는 그것을 향하는 쉼 없는 갈증의 과정이자 그 과정에서 얻는 가르침으로 존재한다. 박영실은 매일 아침 아직 '열지 않은 선물상자'(「특별한 선물」)가 기다리는 그곳으로 가고 있다.

4. 왜, 어째서 그 길을 가는가

여기서 드는 의문 하나. 많은 사람들은 물질가치를 지향해 직업적 안정을 얻고 가정을 꾸리며 가족들의 건강과 안녕을 지키는 길을 택한다. 그런데 어째서 그 길을 택하지 않고 물질이 주는 편안을 두고 정신가치만을 지향해 사는 사람들이 생겨나는 걸까. 설사 한 개인은 그런 삶을 살 수 있다 해도 그 가족, 특히 부모의 보호를 받아야 하는 자녀는 성장할 때까지 가능한 한 물질적으로 뒷받침해야 할 의무가 있다. 자녀 없는 독신이라 해도 남을 위한 삶 이전에 어느 정도는 본인 자신의 편안과 조금만치의 쾌락은 필요한 법이다. 그게 살아있는 모든 이의 본능인 것인데 어떻게 그걸 억제하고 살 수 있을까. 그런 삶은 타고난 것일까. 아니면 특별히 부름을 받고 그 뜻에 따라 살아가는 것일까.

이런 의문에 대한 답은 사실 인류역사가 이미 알려줬다. 이런 사람 저런 사람 중에 정신가치 쪽, 그것도 정말 자신을 다 내려놓고, 온갖 고난 극심한 박해, 나아가 아무도 돌봐주지 않는 고립 속에서도 그걸 지향하는 데 몸을 바친 인간들이 없지 않았다. 선지자, 순교자, 성인 들이 대표적이다. 그들이 온몸으로 쓴 대답은 이런 것이다. 그게 바로 '하늘의 뜻'이자 '순리'인 까닭이다. 예수는 '이 길이 바른 길이다'라 했고, 노자는 '잘 행하는 자는 자취를 남기지 않는다' 했다. 마틴 루터 킹은 "인간의 궁극적인 척도는 편안함과 편리함 속 어디에 서 있는가가 아니라, 도전과 논란의 순간에 어디에 서 있는가로 결정된다."고 했다. 그럼, 그런 비범

한 존재가 아닌 평범하게 사는 인간이면서 그런 길을 간 사람도 또한 마찬가지일까? 그러니까, 박영실은 어째서 그런 길을 가고 있는가?

> 내가 누워서 생과 사의 길을 오갈 때 "우리 막내 일어나야지. 그만 자고 이제 일어나자." 아버지의 말소리가 들렸다. 놀랍게도 나는 그 말을 듣고 깊은 잠에서 깬 듯이 일어났다. 죽음을 준비하라고 병원에서 집으로 보냈는데 죽었다고 생각했던 내가 눈을 뜨고 다시 일어난 거였다. 무의식과 의식의 경계 사이에 무엇인가 알 수 없는 세계가 존재함을 그 어린 나이에도 어렴풋하게 느낄 수 있었다. -「특별한 선물」에서

이 수필은 "일곱 살 때 급성 폐렴으로 병원에서도 이미 치료가 불가능한 상태에 처했다"가 그냥 집에 업혀와 방에 누운 채로 죽음의 단계로 넘어갈 찰나의 일을 담았다. '생과 사의 갈림길'은 자주 쓰는 표현이라 싱겁게 느껴지지만, 그게 아니다. 그 절박한 순간, "우리 막내 일어나야지. 그만 자고 이제 일어나자."라고 평소 늦잠 자는 아이 깨우듯 한 아버지 말에 생의 자리로 돌아온 체험이 놀랍기 그지없다. 이때 '어렴풋하게' 느낀 '무의식과 의식의 경계 사이에 존재하는, 무엇인가 알 수 없는 세계'가 어쩌면 박영실을 신앙으로 이끌었을까?

> 나는 집에 있을 때마다 피아노에 앉았다. 알 수 없는 신비의 세계로

들어가는 것만 같았다. 그런 나를 바라보는 엄마의 얼굴에 박꽃 같은 미소가 만개했다. 엄마의 얼굴빛은 수평선 너머 구름을 뚫고 고개를 내민 햇살 한 조각에 비친 오렌지빛 같았다. 이마에 일렁이던 잔물결이 환하게 펴지는 듯했다. 어떤 것보다 흐뭇해하고 만족해하는 표정을 읽었다. 엄마는 외갓집에서 맏이로 자랐다. 아버지는 종갓집 장남이었다. 엄마는 친정에서도 시댁에서도 자신의 삶을 살기보다 항상 남을 배려하고 섬기는 삶이 몸에 배었다. 엄마 자신을 위한 삶은 없었다. -「피아노 이중주」에서

이 수필은 유년 시절 집에 피아노가 있게 된 과정이며, 그 피아노를 치면서 지내던 추억을 담았다. 피아노를 칠 때마다 "알 수 없는 신비의 세계로 들어가는 것만 같았던" 그 시간들, 그게 한 인간의 내면에 쌓이는 과정이 잘 느껴진다. 인간에게는 자신이 겪고 있으면서도 그 경지를 뭐라고 설명하지 못하는 이런 신비로움을 겪으며 진정으로 성장한다. 그 시간이 길고 그 경험이 풍성할수록 감성이 풍부해지고 그 표현에 민감해진다. 그게 소리로 가서 음악, 시각으로 가서 미술, 문장으로 가서 문학이 되는 것이다. 거기에 이 수필에서 또 하나 빼놓을 수 없는 인물, "자신의 삶을 살기보다 항상 남을 배려하고 섬기는 삶"만으로 일생을 산 엄마의 영혼과 육체가 깊이 새겨진다. 기독교인이자 수필가인 박영실의 내면은 그렇게 깊어졌을 것이다.

5. 깊어지는 내면, 신앙과 문학의 균형감각

그 내면의 깊어짐은 결국 박영실의 체험에 철학이 쌓이는 과정이라 할 수 있겠다. 그 과정은 크게 세 단계쯤으로 나눠본다.

첫 단계는 '새로 보기'다.

> 늘 보는 위치에서, 보는 각도에서 보이는 것만 보고 그 이상의 것을 보려는 시도조차 하지 않으려는 마음이 아니었을까. 다양한 관점에서 사물을 보고 관찰을 한다면 평소에 쉽게 간과하고 스치는 것들조차도 소중한 안목으로 다시 바라볼 수 있을 듯하다. 사고 후유증으로 외출이 자유롭지 못해 집에 있을 때, 오디나무 그루터기에서 생명의 경이로움을 보았다. 그루터기에서 살포시 일어나는 새싹과 마주했다. 그 풍경은 무에서 유를 창조하는 그 이상의 가치가 담겨 있었다. 다양하게 불어오는 바람이 오디나무를 흔들지라도 정원에 뿌리를 견고하게 내리고 있다. -「바람이 불 때」에서

「바람이 불 때」는 사고 후유증으로 시달릴 때 외출도 자유로이 하지 못한 채 집에 머물 때의 체험을 담았다. 그때 눈에 돋보이게 와 닿은 것이 집 앞 오디나무 그루터기다. 한때는 '아름드리 한 그루'였는데 어느 날 그루터기만 남았다. 이제 더는 새로운 잎을 볼 수 없으리라 생각한 그 그루터기에서 '오묘한 생명이 움트는 모습'을 보게 되었다. '죽음과 단절'로 판단한 것에서 '생명과 희망'을 보게 된 경이로움이 이 수필의 표면을 장식한다. 지금껏 우리가 알고 있던 건 경험으로 축적한 하나의 선입견일 뿐 그건 진

실이 아닐 수 있다. 새롭게 보면 새로운 것이 보이는 것이다. 「바람이 불 때」는 죽음이라 단정한 것 안에 우리가 보지 못한 생명이 깃들어 있음을 드러낸다. 이는 이미 습관이 된 데서 벗어나 멀리 떨어져 '새로 보기'를 통해 얻은 교훈이다.

두 번째 단계는 '형상화'다.

> 디아스포라 이민자의 삶은 거미의 생태를 닮았다. 허허로운 외지에서 뿌리를 내리고 안주할 곳이 없어 애초에 누구의 영역 다툼이 없는 허공에 거처를 마련한 것이 아닌가. 누구도 자기 땅 면적이 좁아지는 것을 원하지 않을 터이다. 하여, 디아스포라들은 폭풍이 불어오고 비바람이 찾아오면 쉽게 무너져 내릴지라도 허공에 터를 잡고 처소를 마련한 것이 아닐까. 평생을 고독한 외줄 타기로 생존하다 외줄에 몸을 매단 채 떠나는 거미처럼 외줄로 와서 외줄로 가는 마지막 순간은 누구도 동행할 수 없다. 홀로 짊어지고 가야 할 무게요 길이다. 집 한 채 남기지 못하고 모든 인간이 돌아가야 할 그곳으로 돌아가듯, 거미는 그렇게 영원 속으로 스러져간다. -「거미의 집」에서

「거미의 집」은 '허공에 거처를 마련한 거미'를 대상으로 삼고 있다. '허공의 집'이니까 그건 비바람에 쉽게 무너져 내릴 수밖에 없다. 그러나 거미로서는 집 지을 곳이 그곳밖에 없다. 막막한 정황에서 스스로 집터를 마련해 집을 지은 이 거미의 모습은 절로 이민자로 오버랩된다. 디아스포라의 삶을 말하는 방식은 참으로 많았다. 냉전체제가 해체된 1990년대 이후부터 해외에 거주하는

동포들에 대한 관심이 크게 일어나면서 디아스포라 주제의 창작과 이론이 왕성하게 일어났다. 이민자 자신들에게도 이는 새로운 자각의 계기가 되었다. 그러나 주제는 선명하되 방법은 획일적이었다고 할 수 있다. 그런데 박영실이 이번에는 허공에 집을 짓는 거미의 형상으로 디아스포라를 표현했다. 이 새로움이 이 수필을 '재외동포문학상 우수상'으로 이끌었다.

세 번째 단계는 '자아 탐색'이다.

밤하늘의 별들조차도 깊이 잠든 한밤중, 불면의 밤을 지날 때 가장 선명하게 들리는 소리가 탁상시계 시침소리다. 한밤의 고요를 깨고 들려오는 소리를 듣지 못하는 사람은 알 수 없는 소리다. 분주한 도시에서는 들을 수 없는 소리다. 홀로 광야를 거닐 때 고요하게 들려오는 소리다. 철저하게 그 시침소리와 마주한 자는 그 소리의 의미를 알게 될 테다. 모든 것이 침묵하는 깊은 밤에 유일하게 나에게 소리를 들려주는 존재다. 지금도 탁상시계에서 시침이 움직인다. 이 순간이 이미 과거가 되고 있음을 알리는 듯, 초침 하나하나에 담긴 소중한 순간들을 기억하라는 듯이 내 귀에 메아리가 되어 울린다. 내가 살아있는 동안 탁상시계도 나와 동행할 거라고 약속을 하는 듯하다. -「탁상시계」에서

「탁상시계」의 이 대목은 어쩌면 이 수필집에서 박영실의 내적 공간을 그린 가장 아름다운 장면이 아닌가 싶다. 탁상시계는 한때 귀한 생필품이었다. 이제 그 '한때'는 지난 지 오래인데 그걸

이민 짐에 싸서 지니고 와서 아직도 '탁상'에 두고 있단다. 문학에서 수필이라는 장르는 물건 하나로 생애의 중요한 체험과 가치를 집약해 효과를 크게 내는 분야다. 이 글에서 탁상시계가 바로 그 물건이다. 시계라는 물건이 별로 필요가 없게 된 이 시대에 탁상시계가 시간을 알려주는 기능으로 남아 있기는 어려울 게다. 무용하기조차 한 그것이 도리어 '홀로 광야를 거닐 때 고요히 들려오는 소리'로 살아있단다.

'홀로 광야를 거닐 때 고요히 들려오는 소리'를 들을 수 있는 사람은 물론 '홀로 광야를 가고 있는 사람'일 게다. 그러니까 바로 그 사람 박영실이 깊은 밤에 홀로 깨어 내면의 길을 가고 있다는 것이다. 그건 내면의 길이니까 그 누구도 함께 하지 않는 길이다. 그 길은 불교에서는 진아(眞我), 요가에서는 '참나'라고도 하는데, 신앙인으로서는 오직 절대자가 인도하는 길이 될 것이다. 그 길을 가는 자아를 일깨우는 신비로운 소리가 바로 '탁상시계'다.

박영실은 기독교인이자 사모이며, 수필가이자 시인이다. 종교인으로 문학을 하는 예가 많고, 그 문학 안에 종교인으로서의 삶이 녹아 있기도 하고, 종교인으로서 문학의 비유와 창의력을 응용하기도 한다. 특히 장르 면에서 수필은 종교인으로서의 삶이 경험한 그대로 녹아들지 않을 수 없다. 성장과 일상의 많은 경험층이 종교활동과 관련되고, 그 귀결 또한 종교의 가르침에 가닿곤 한다. 박영실의 이 수필집이 바로 그렇다. 자신의 신앙 이야기를 손쉽게 담아내고 신앙생활을 하는 주변인들의 사연도 편하게 수용한다. 그러면서도 신앙이 문학을 압도하지 않고 문학이 신앙을 위배하지 않는 균형을 유지한다. 이 균형이 바로 그 내면이 깊어지는 단계를 거쳐 가능했던 것이다.

6. 사막에서 사막으로 크게 넓게

이쯤 해서 박영실의 이력을 다시 확인할 필요를 느낀다. 박영실은 충남 서천에서 3남 3녀의 막내로 태어났다. 중학교 때 서울로 이사하기 전까지의 삶에 가장 크게 영향을 준 것이 자연과 신앙이었다. 자연은 정서와 지혜를 아울러 제공하면서 자연스럽게 문학적 토양을 이루었고, 집안 환경에서 시작한 신앙생활은 삶의 직접적인 방향을 잡아주었다. 자연 속을 거닐며 교회를 오가면서 책 읽고 기도하고 사색하는 삶은 지금까지 변함없이 이어지고 있다고 할 수 있다. 장래희망 란에 '선교사', '소설가'로 쓴 그대로 지금 신앙과 문학을 함께 하는 삶을 산다.

1993년 결혼을 하면서 사역을 시작한 남편을 평생의 동반자로 함께 하고 있다. 2002년 미국으로 이주해서 이민자로서의 제도적 정착과정을 착실히 밟아가면서 캘리포니아의 라크라센타, 오렌지카운티, 로스앤젤레스 등 여러 지역의 대형교회에서 사역했다. 로스앤젤레스에서 담임 목회를 하다 선교 중심의 목회를 위해 교회를 개척하고 해외 선교에 눈을 돌렸다. 한국에 있을 때 러시아, 중국, 필리핀 등에 나가 선교한 경험을 살렸다. 기독교의 손길이 가닿지 않은 나라, 주로 이슬람권이 그 대상이었다. T국을 중심으로 중동 지역과 이슬람권 위주로 선교활동을 펼치고 있다. T국의 I 도시 등 몇 도시를 비롯해서 중동지역 선교에 대한 얘기는 이 책 제5부 11편의 수필에 담았다. 특히 선교활동 중에 만난 난민들의 생생한 표정은 이 수필집을 대하는 독자들에게도 잘 전달될 거라 믿는다. 한국에서 미국으로 이주해서, 다시 세계로 넓고 크게 번져가는 박영실의 사랑법에 신뢰와 성원을 보낸다.